"이제 와서 무슨 이야기냐, 크로."

에브 소피 네불리스
Eve Sophi Nebulis

크로스웰의 친척 누나이자, 가장 크고 강력한 성령을
가지고 있는 성령술사의 시조. 100년 전의 염원을
성취시키기 위해 제국으로 향한다.

요하임 레오 아르마델

Johaim Leo Armadel

사도성 제1위, 『순(瞬)』의 기사 요하임. 제국군의
중추에 소속되어 있으면서도 실제로는 일리티아에게
충성을 맹세한 배신자 사도성. 마녀 일리티아를
지키는 기사로서 이스카 일행의 앞을 가로막는다.

일리티아 루 네불리스 9세
Elletear Lou Nebulis IX

네불리스 황청의 여왕 밀라베아르의 장녀이자,
앨리스리제와 시스벨의 언니. 약한 성령술사도 평등하게
존중받는 『성령술사의 낙원』을 창조하기 위하여, 제국과
황청을 가리지 않고 모조리 파괴하는 것이 목표이다.

the War ends the world / raises the world

"――나와 전쟁을 합시다."

키싱 조아 네뷸리스 9세
Kissing Zoa Nebulis IX

네뷸리스의 3대 혈족 중 하나인 조아 가문의 비밀
병기. 「가시」의 성령을 지닌 순혈종. 막강한 적
일리티아와의 만남을 통해 심경의 변화가 생긴다.

너와 나의 최후의 전장, 혹은 세계가 시작되는 성전

the War ends the world /
raises the world

성전

12

커버 그림, 본문 일러스트 | 네코나베 아오

너와 나의 최후의 전장,
혹은 세계가 시작되는 성전 12

the War ends the world /
raises the world

So Se lu, uc song lishe thac mihas.
아픔보다 더 강한 사랑.

deus E gfend mihas thac elphe gfend vel hem-Ye-r-arsia Zill fears?
누구보다도 아픔을 두려워하는 당신은, 아직도 접하여 다치는 것을 두려워하는 거야?

solit kis mihas thac mihas. E yum vilis Uho.
아픔보다 더한 아픔이 있어. 당신은 그것을 알 테지.

마 녀 들 의 낙 원

「네뷸리스 황청」

앨리스리제 루 네뷸리스 9세
Aliceliese Lou Nebulis IX

네뷸리스 황청의 제2왕녀. 가장 유력한 차기 여왕 후보. 얼음을 다루는 최강 성령술사. 제국에서는 「빙화의 마녀」라고 불리는 공포의 대상. 황청 내부의 온갖 음모에 염증을 내고 있으며, 전장에서 만난 적국 검사인 이스카와의 정정당당한 싸움에 설렘을 느낀다.

린 뷔스포즈
Rin Vispose

앨리스의 시종. 흙의 성령 사용자. 가정부 같은 옷 아래에 암기를 숨기고 다니는 유능한 암살자. 평소에 무표정한 편이라서 무슨 생각을 하는지 알기 어려운데, 가슴 크기에는 열등감을 느끼는 듯하다.

시스벨 루 네뷸리스 9세
Sisbell Lou Nebulis IX

네뷸리스 황청의 제3왕녀. 앨리스리제의 여동생. 과거에 일어난 사건을 영상과 음성으로 재생하는 「등불」의 성령을 지녔다. 과거에 제국에 붙잡혔다가 이스카의 도움을 받았다.

가면 경 온
On

차기 여왕 자리를 놓고 루 가문과 경쟁하는 조아 가문의 일원. 속마음을 알 수 없는 책략가.

키싱 조아 네뷸리스
Kissing Zoa Nebulis

조아 가문의 비밀 병기. 강력한 성령술사. 「가시」의 성령을 지니고 있다.

샐린저
Salinger

여왕 암살 미수죄로 감옥에 갇혀 있었던 최강의 마인. 현재는 탈옥 중.

일리티아 루 네뷸리스 9세
Elletear Lou Nebulis IX

네뷸리스 황청의 제1왕녀. 대외 활동에 열중하느라 자주 왕궁을 비운다.

기 계 로 된 이 상 향

「천제국」

이스카
Iska

제국군 인류 방위기구, 기구 Ⅲ사(師) 제907부대 소속. 과거에 사상 최연소로 제국의 최고 전력 「사도성(使徒聖)」 자리에 올랐지만, 마녀를 탈옥시킨 죄로 그 자격을 박탈당했다. 성령술을 차단하는 흑강의 성검과, 마지막으로 벤 성령술을 딱 한 번 재현하는 백강의 성검을 가지고 있다. 평화를 위해 싸우는 올곧은 소년 검사.

미스미스 클라스
Mismis Klass

제907부대 대장. 얼굴이 엄청나게 앳되어서 청소년처럼 보여도 실은 어엿한 성인 여성. 덜렁이지만 책임감이 강하고, 부하들에게도 신뢰를 받고 있다. 볼텍스에 빠지는 바람에 마녀로 변했다.

진 슐라건
Jhin Syulargun

제907부대 저격수. 귀신같은 저격 솜씨를 자랑한다. 이스카와 같은 스승님 밑에서 동문수학한 질긴 인연의 소유자. 성격은 차갑고 냉소적이지만, 동료를 아끼는 마음은 뜨겁다.

네네 알카스토네
Nene Alkastone

제907부대 기계 기술자. 천재 병기 개발자. 아득히 높은 곳에서 철갑탄을 발사하는 위성 병기를 조종한다. 실은 이스카를 친오빠처럼 잘 따르는 천진난만하고 사랑스러운 소녀.

리샤 인 엠파이어
Risya In Empire

사도성 제5위. 통칭 「만능 천재」. 검은 테 안경을 쓰고 양복을 입은 미녀. 학교 동기인 미스미스를 마음에 들어 한다.

the War ends the world / raises the world

CONTENTS

Prologue.1

『별이 흐려지는 밤』

the War ends the world /
raises the world

대륙을 종단하는 대륙 철도.

세계 최대의 국가 「제국」으로 끊임없이 달려가는 급행열차 안에서. 아름다운 금발 머리 소녀가 창틀에 손을 댄 채 풍경을 바라보고 있었다.

"————."

당당하고도 청순가련한 옆얼굴.

살짝 열린 창문으로 들어온 밤바람에 그 머리카락이 가볍게 살랑거리고 있었다.

이 얼마나 그림 같은 풍경인가.

혹시 이곳을 지나가는 화가가 있었다면, 분명히 망설임 없이 캔버스를 꺼내어 그 소녀를 스케치했을 것이다.

그러나.

물론 여행 중인 화가가 그리 쉽게 등장할 리 없었다.

그 대신 등장한 사람은——.

"앨리스 님. 보고드릴 것이 있습니다."

옆 차량에서 걸어온 노년의 시종 슈바르츠.

양복을 입은 그 노인은 앨리스에게만 들릴 정도로 작은 목소리로 말했다.

"시조가 제국에 나타났습니다."

"……그래, 그럴 줄 알았어."

"제국의 제7 국경 검문소가 파괴된 것 같습니다. 제국군과의 전투가 시작됐을 겁니다. 그 부근 일대에서 제국군이 엄계 태세를 갖추고 있습니다."

"……응, 그렇겠지."

늦었다.

그런 씁쓸한 감정을 느끼면서 앨리스리제 루 네뷸리스 9세――앨리스는 무의식중에 어금니를 꽉 깨물었다.

……완벽하게 전형적인「최악」의 상황이구나.

……시조는 당장이라도 제국을 불태워버릴 작정이다.

제국은 적이다.

네뷸리스 황청의 왕녀 앨리스도 물론「제국 타도」를 염원하고 있었다.

단, 시조의 행위는 **도가 지나쳤다.**

그 고대의 마녀는 자신에게 방해가 된다면 제삼자라도 가차 없이 제국과 함께 태워버리려고 할 것이다.

그러면 주변의 중립도시도 해를 입고, 엄청난 피해가 발생할 것이다. 그것은 앨리스가 원하는 평화와는 거리가 멀었다.

……지금 제도에는 린과 시스벨이 있단 말이야.

……그런 제도가 습격을 당한다면 그 두 사람도 희생될 거야.

그건 말도 안 돼!

그리고 또 한 사람.

앨리스가 자신의 호적수로 인정한 검사도 제도에 있었다.

"……이스카를 건드리면, 시조라도 절대 용서하지 않을 거야."

"네?"

"아냐, 그냥 혼잣말이었어."

늙은 시종을 보면서 헛기침을 했다.

아무튼 지금 시조가 제도를 습격하는 것은 곤란했다.

"슈바르츠."

"네!"

"벌써 몇 번이나 이런 말을 했는지 모르겠는데, 이번이 마지막이야. 시조를 막는다."

"네, 조아 가문도 막아야지요."

"그래. 여왕 대리인으로서 명령할 거야. 그들이 내 말을 듣지 않는다면, 억지로 구속해서라도 황청으로 데리고 돌아갈 거야."

현재 앨리스는 여왕 대리인이다.

여왕 다음가는 명령권을 부여받았으므로, 상대가 왕가여도 강제로 명령할 권력이 있었다.

……물론 조아 가문이 순순히 복종할 리는 없지만.

……상대는 그 가면 경이니까.

조아 가문이 공언하는 제국 섬멸.

앨리스는 제국 타도를 주장하는데 비해, 조아 가문의 야망은 제국 섬멸이다.

즉, 티끌 하나 남기지 않고 파괴하는 대전쟁을 원하는 것이다.

그동안 시조의 각성을 쭉 기다려왔던 조아 가문이 이 기회를 헛되이 놓칠 리 없었다. 앨리스의 제지에 대해서도 이런저런 수단을 동원해 저항할 것이다.

"아무래도 애먹을 것 같네……."

살며시 탄식하면서 고개를 들었다.

시선을 다시 창밖으로 던졌다.

"―――."

"앨리스 님, 그리고 보니 좀 전에도 바깥을 보고 계셨지요. 뭔가 있습니까?"

"밤하늘을 보는 거야."

정확히 말하자면 밤하늘을 뒤덮은 구름을 보았다.

불온한 먹구름.

빛나는 별이 구름으로 뒤덮여 있었다.

불길한 느낌이었다.

별이 흐려지는 밤에는 마음이 진정되지 않는다. 오늘 밤에는 그것이 특히 심해서, 앨리스의 가슴 고동이 빨라졌다.

……긴장해서 그런 걸까?

……위대한 시조를 상대해야 하니까?

모르겠다.

다만 제국으로 다가갈수록 기묘한 불안감이 점점 커져만 갔다.

이것은——.

이 불안감은 도대체 뭘까?

Prologue 2

『달이 이지러진 밤』

the War ends the world /
raises the world

불길한 예감은 처음부터 있었다.

달이 이지러진 밤에는 꼭 나쁜 소식이 들려오는 것이다.

"나 참. 그런 미신을 언제까지 믿으면서 벌벌 떨려는 걸까."

대륙을 종단하는 대륙 철도와 나란히 뻗어 있는 고속도로 위에서 대형차 한 대가 맹렬한 속도로 달려가고 있었다.

목적지는 제국의 검문소.

이 제국제 차량, 또 제국군 시절에 위조한 신분증이 있으면 국경은 쉽게 넘을 수 있을 것이다. 불안한 점 따위는 하나도 없을 텐데.

"……안 좋은 느낌이 들어."

자동차 앞 유리를 통해 쳐다본 밤하늘.

오늘은 마침 보름달이었는데도, 길게 펼쳐진 먹구름 때문에 달이 이지러져 보였다.

그것이──.

자신을 불안하게 만드는 요소였다. 가슴이 묘하게 두근거렸다.

『안녕하신가? 샤놀로테 군.』

운전석 통신기에서 자신의 이름을 부르는 남자가 있었다.

네뷸리스 황청의 3대 왕가 중 하나인「조아(달)」. 그 당주 대리인 가면 경의 목소리였다.

『한밤중의 드라이브는 어때, 순조로운가?』

"안녕하세요. 가면 경. 네, 아주 쾌적합니다. 지평선까지 이어진 도로를 밤바람 맞으면서 달리는 것은 상쾌하니까요~."

주도자인 그 남자의 목소리를 듣자, 금발 여자 첩보원의 표정이 금방 풀렸다.

샤놀로테 그레고리.

표정과 말투는 느긋하지만 실은 일반 성인 남성보다도 키가 크고 잘 단련된 육체를 지니고 있었다.

그녀는 그 타고난 신체적인 특징을 이용해 제국군에 잠입. 대장의 자리에까지 올라 제국군의 정보를 몰래 빼냈던 조아 가문의 첩보원이었다.

볼텍스를 둘러싼 격돌이 일어났을 때, 정체를 제국군한테 들키는 바람에 황청으로 귀환. 그 후 현재와 같은 상태였다.

『갑작스러운 부탁이었는데. 흔쾌히 승낙해줘서 고맙다.』

차창을 통해 불어 들어오는 밤바람과, 그 바람을 타고 들리는 가면 경의 목소리.

신이 난 목소리였다.

통신기 너머에 있는 가면 경의 유쾌한 표정이 눈에 보이는 것 같았다.

『최신 보고 내용이다. 제국으로 향한 시조님이 제7 국경 검문소를 습격하셨다. 예정대로…… 아니, 예정보다 더 순조로워.』

"네~. 이 기회를 이용하면 최고로 좋겠네요."

100년 전 제도를 불바다로 만들었던 고대의 대마녀.

그 존재가 부활하여 습격했다면, 제국 전체에서 대공황이 발생할 것이다. 조아 가문에게는 절호의 기회였다.

『나와 키싱이 그 뒤를 쫓아가고 있다. 이제 곧 제국의 국경에 도착할 거야.』

"합류 지점은 잘 알고 있습니다. **이미 숙지하고 있으니까요.**"

『그래. 거기서 자네가 나설 차례인 거야, 샤놀로테 군. 길 안내를 부탁하고 싶다.』

샤놀로테는 그 누구보다도 제국을 자세히 알았다.

특히 국경의 경비, 도심부의 경비 등의 방위 시스템에 관해서는 자신이 제국 사람보다도 더 자세히 안다고 자부하고 있었다.

그동안 제국군 대장으로서 살아왔으므로.

"시조님의 습격 타이밍에 맞춰 우리 조아 가문이 제도에 침입한다. 그리고 그곳에 붙잡혀 있는 당주님을 비롯한 동지들을 해방시킨다…… 그런 계획이지요?"

『그래. 샤놀로테 군. 자네의 추측에 의하면 포로가 된 우리 동지들은——.』

"『천옥(天獄)』이라고 불리는 감옥에 있을 거예요."

마녀만 가둬놓은 지저의 감옥 시설.

빛이 하나도 들어오지 않는 강철 감옥이었다. 과거에 수많은 전투에 의해 제국군의 포로가 된 성령술사들이 수백 명이나 그곳에 갇혀 있었다.

"키싱 님의 성령이 있으면 그 감옥은 쉽게 돌파할 수 있을 겁니다. 그러면 거기 붙잡혀 있는 수백의 동지들을 해방시킴으로써 순식간에 강력한 원군이 완성될 테지요."

『제도를 불태워버리는 것도 가능하지, 안 그래?』

"물론 가능하죠. 감옥이 있는 장소는 제가 아니까, 길 안내는 맡겨주세요~."

『아주 좋아.』

짝짝 울려 퍼지는 박수 소리.

『믿음직해, 샤놀로테 군. 자네와 합류하기를 고대할게.』

"그런데 죄송합니다. 가면 경. 현재의 주행 속도로 볼 때 제국의 국경에 도착하는 것은 내일 낮이 될 것 같습니다……."

『그때까지 우리는 방해가 되는 제국군을 제거하도록 하지.』

"알겠습니다~."

통신이 끝났다.

차 안에 존재하는 소리는 일정한 리듬으로 발생하는 엔진 소리와, 밤바람이 거칠게 부는 소리.

"가면 경도 보기 드물게 기분이 좋아 보이셔서 다행이네."

대화를 다시 떠올려봤다.

가면 경이라는 남자는 언제나 온화한 미소를 유지하고 있는데, 그것은 책략가의 책략가다운 일면에 불과했다. 일부러 꾸며낸 웃음이었다.

그러나 오늘 밤의 웃음은「진짜」였다. 샤놀로테가 단언할 수 있을 정도로.

이제 곧 오랜 염원이 이루어진다.

제국을 불태워버린다는 조아 가문의 원대한 소원이 드디어 실현되려는 것이다. 그 억누를 수 없는 기쁨이 통신기 너머의 목소리에서도 배어 나오고 있었다.

앞으로 몇 단계만 더 밟으면 된다.

시조가 제국을 습격하면, 즉시 그 혼란을 이용해 제도로 쳐들어가기만 하면 되는 것이다.

……그렇다.

……정말로 이제 거의 다 왔다.

그런데 왜 이렇게 기분이 찜찜한 걸까?

"으음~…… 역시 달님 때문일까."

지평선 저 끝에서는 최고의 보름달이 먹구름에 가려져 사라져 가고 있었다.

그것이 마음에 안 들었다.

보름달이 사라질 것 같았다.

바야흐로 최고의 순간을 맞이하려 하는 달(조아)이, 위험한 먹구름의 위협을 받고 있다.

그렇게 불길한 것을 연상하고 말았던 것이다.

"휴……. 그래, 내가 그런 말을 자주 들었지. 덩치는 큰데 간덩이는 작아서 잔걱정이 너무 많다고. 네~ 알아요. 나도 알거든요~?"

지평선까지 쭉 뻗어 있는 고속도로.

제국으로 이어지는 길을 바라보면서 샤놀로테는 한숨을 쉬었다.

"괜찮겠지. 가면 경과 키싱 님이 있고, 또 결정적으로 시조님이 계시잖아. 달이 이지러지다니, 그런 일은 있을 수 없어."

Chapter.1

『환영들이 사라지는 날』

the War ends the world /
raises the world

1

그것은 제도의 깊숙한 지저 속에서 솟구쳐 올랐다.

맹렬한 격진(激震).

지하 2,000m에 있는 천수부의 지하 홀. 그보다 더 깊은 아래쪽에서 지반이 박살 나는 듯한 굉음과 지상을 뒤엎을 것 같은 진동이 위로 올라왔다.

"또 시작됐어!"

"아, 아까부터 연속으로 왜 이러는 거죠?!"

은발 머리 저격수 진이 발밑을 쏘아봤고, 그 뒤에서는 시스벨이 벽에 기대었다.

제대로 서 있을 수가 없었다.

제국 병사인 네네와 미스미스 대장조차도 이 엄청난 지진 때문에 다리가 휘청거려서 가까스로 자세만 유지하는 것이 고작이었다.

"저, 폐하?"

『━━━━━.』

안경 코걸이를 쓱 밀어 올리는 리샤. 그 눈앞에서 은빛 수인(獸人)이 바닥을 말없이 내려다보고 있었다.

인간에게는 없는 꼬리와 뾰족한 귀.

──천제 융메룽겐.

이 제국의 최고 권력자이자, 100년 전 사상 최초로 성령 에너지를 뒤집어쓴 사람 중 한 명. 그가 마치 고양이처럼 커다란 눈으로 바닥을 응시하더니.

『진원지는 십중팔구 제국 의회야. 참 부지런하기도 하지, 팔대 사도. 이번에는 또 무슨 짓을 꾸미고 있는 건지……라고 생각했는데.』

천제 융메룽겐이 눈을 가늘게 떴다.

입가에서는 날카로운 송곳니를 드러내고, 기분 나쁘다는 듯이 얼굴을 찡그리면서.

『몹시 불쾌한 냄새가 나. 100년 전에 맡았던 냄새야. 100년 전, 모든 것을 망가뜨린 재액의 힘이 느껴져.』

그는 툭 내뱉듯이 말을 이었다.

『그 천한 왕녀가. 재액의 힘을 받아들인 건가. ──따라와, 흑강의 후계자.』

"!"

전혀 예상치 못하게 지목당한 이스카는 한순간 말문이 막혔다.

흑강의 후계자.

제국군의 극히 일부의 인간들이 자신을 그렇게 부른다는 것은 알고 있었다.

그러나 그 이유는 단순히 자신이 흑강의 검투사 크로스웰의 제자라서 그렇다고 생각했다. 스승님도 더 설명하지 않았고.

——하지만 지금은 다르다.

시스벨의 『등불』로 100년 전의 사건이 재현된 지금은, 그 이유를 알고 있었다.

"크로. 그건 뭐냐."

"**희망이다**. ——이 성검이라면, 별의 중추에 있는 재액을 해치울 수 있을지도 몰라."

성검을 맡았기 때문에 후계자인 것이다.

……그러나 나는 「재액」이 무엇을 의미하는지 전혀 몰랐다.

……일종의 초자연 현상인가? 아니면…….

『네 눈으로 직접 확인해봐.』

천제가 그 속마음을 꿰뚫어 본 것처럼 이쪽을 들여다보면서 말했다.

『네가 마주해야 할 적을 가르쳐줄게. 하기야 지금 저 밑에 있는 것은 본체가 아니라, 그 힘에 취해버린 마녀이지만.』

2

제국 의회.

별명 「보이지 않는 의사(意思)」.

그 어떤 지도에도 의사당 위치가 표시되어 있지 않아서 그런 명칭이 생긴 것이다.

지하 5,000m의 제국 최심부(最深部).

과거에 이곳은 다른 이름으로 불렸었다.

"『별의 배꼽』. 그런 이름의 채굴장이었다고 하더군요."

아름답게 울려 퍼지는 마녀의 목소리.

음유시인이 노래하는 것처럼 유창한 말투였다.

"별의 백성이 남긴 오래된 기록을 통해 『성령』의 존재를 확인했다. 그래서 새로운 에너지를 채굴한다는 명목으로 그것을 이 땅의 지하 5,000m에서 캐내려고 했다. ……아니, 그 시도는 실제로 성공했다. 정말로 여러분은 위대한 현자입니다. **여기까지는 좋았는데 말이죠.**"

일리티아 루 네뷸리스.

그 여자가 몸에 걸치고 있는 의상은 루 가문 제1 왕녀의 드레스가 아니었다.

검은색 웨딩드레스.

마치 새까만 안개를 응축시킨 듯한 칠흑이었다. 맨살의 절반 이상이 드러난 육감적인 옷차림인데도, 왠지 등골이 오싹해지는 허무감이 느껴지는 마녀의 의상──.

"그런데 유감스럽게도. 여러분은 과거의 실패에서 교훈을 얻지 못했어. 100년 전에는 성령의 제어에 실패하는 바람에 성령술사라는 골치 아픈 존재를 만들어냈었지. 그런데도 이번에는 또 성령 이상의 힘을 손에 넣으려고, **그것**에 손을 대고 말았어."

『──────.』

"별의 백성이 『대성재(大星災)』라고 부르며 두려워했던 것. 성령과 비슷하지만 다른 것. 어지간히 동경했었나 봐요? 그 힘이 있으면, 전뇌체(電腦體)에 불과한 여러분이 새로운 육체를 손에 넣을 수 있을지도 모르니까. 그런데 공교롭게도."

호흡 한 번을 하고.

미의 여신도 질투할 정도로 풍만한 자신의 가슴에 손을 올리더니.

"그것에게 선택받은 사람은 나였어. 당신들 팔대사도가 아니라."

꿈틀.

구불구불한 에메랄드빛 머리카락이 크게 출렁거렸다. 바람이 없는 공간. 일리티아의 머리카락이 일렁거리는 것은, 그녀 자신에게서 뿜어져 나오는 막대한 에너지에 의한 것이었다──.

한 조각의 빛조차 용납하지 않는 암흑의 기류.

그것이 일리티아의 발밑에서 솟구치고 있었다.

『아름다워.』

줄줄이 늘어선 여덟 개의 모니터가 그렇게 반응했다.

『힘을 추구하다가 이형의 존재로 전락한다. 이것이 서사시라면 자네는 아마 용사에 의해 토벌당하는 괴물일 테지. 그러나 자네에게는, 그런 서사시의 괴물과는 분명히 구별되는 「꿈」이 있어.』

『모든 성령술사의 낙원을 건설하겠다는 꿈.』

『자네는 자신의 행복을 원하지 않아.』

『추한 마녀로서 두려움의 대상이 되는 것조차 각오하고.』

『여신 같은 미모의 소유자인 당신이 그 미모를 스스로 버린다는 것은 도대체 얼마나 큰 결심이었을까. 그렇게까지 하면서 약자를 구하려고 하다니.』

『아름다운 신념이다. 긍지 높은 미학이야.』

울려 퍼지는 박수 소리.

루크레제우스를 잃고 이제는 일곱 명이 된 고대의 현자들은 차례차례 발언을 했다.

"어머나. 그렇게 칭찬해주시다니, 마음이 넓은 분들이시네."

검은 안개 속에서 일리티아가 입술 끄트머리를 위로 끌어 올렸다.

자애로움이라곤 하나도 없는 경멸의 냉소였다.

"그럼 그 답례로. 괴롭히지 않고 깔끔하게 없애 드릴까?"

마녀의 선전포고.

이에 대한 팔대사도의 대답은──.

『새장에서 사육된 새는 행복할까? 불행할까?』

"······지금 뭐라고 했어?"

『영원한 새장 속에서 행복하게 살아라.』

바닥이 갈라졌다.

일리티아가 서 있는 지점을 중심으로, 의회 회의장의 네 귀퉁이가 부서진 것이다. 지면에서 식물의 싹이 자라나는 것처럼 찌그러진 흑갈색 탑이 불쑥 나타났다.

"⋯⋯이것은?!"

네 개의 탑을 돌아보면서 일리티아는 눈을 크게 떴다.

──위장 결계『별의 중추』.

네 개의 탑 꼭대기에서 방전 현상 같은 빛이 흘러넘쳐 회의장 바닥 전체를 감쌌다.

성령을 봉인하는 절연(絕緣) 구역.

이 네 개의 탑으로 구성된 구역 안에서는 성령 에너지가 밖으로 새어 나가지 않는다.

즉, **성령을 가두는 감옥이다.**

『일리티아, 자네의 말에 반론을 해보자면.』

『현재의 자네 자신이야말로 힘에 취해서, 자네가 원래 가지고 있던 간악한 지혜를 잃어버린 것이 아닌가?』

파지직⋯⋯ 하고.

결계 가장자리에 닿은 일리티아의 손가락이 날카로운 불꽃을 일으키며 튕겼다.

『자네가 말했지. 벌써 한 달 이상이나 식사를 하지 않았다고. 물 한 방울도 섭취하지 않은 지 일주일이 넘었다고. 최근에는 호흡도 필요 없다고. 그렇게 말했지?』

『재액에게 빙의된 자네의 육체는 이제 인간이 아니라 성령이야.』

『그럼 잘됐지.』

가둘 수 있는 것이다.

현재의 일리티아는 간단히 말해서 하나의 사악한 성령이다. 그리고 아무리 흉악한 성령이라도, 이 절연 구역 안에서는 힘이 봉인되어버린다.

『충분히 예상할 수 있는 미래였다.』

일곱 개의 모니터들이 한층 강하게 빛났다.

『피험자였던 자네가 미친 과학자 켈비나의 연구소에서 탈출했다. 그때부터 우리 팔대사도는 최악의 사태를 상정하여 움직였다.』

『재액과 동화한 자네가 우리에게 덤벼들지 않을까? 하고 생각한 것이지.』

『그에 대한 대책이 이거다.』

『지금 자네는 스스로 새장 속에 뛰어든 새야.』

"───."

검은 커튼 형태의 결계.

그곳에 서 있는 에메랄드빛 머리카락의 미녀는 진지한 얼굴로 모니터를 쳐다보더니.

"아하하! 하하, 아하하하하핫!"

돌연 웃음을 터뜨렸다.

고혹적인 입술에서 흘러나오는 웃음. 듣기만 해도 소름 끼치는 요염한 웃음이었다.

"내가 성령이라고? 아니, 난 마녀입니다."

······슈웃.

바닥에서 하얀 연기가 피어오른 것은 바로 그때였다.

갑자기 일리티아 주위에 존재하던 검은 기류가 마치 고치나 번데기처럼 그녀의 온몸을 뒤덮기 시작했다.

『앗?!』

진화하고 있었다.

팔대사도가 혈안이 되어 추구했던 힘. 그 힘을 손에 넣은 왕녀의 육체가 점점 변모하는 것이었다.

성령술사에서 이제는 인간이 아닌 괴물로.

"바보들이네."

빠직······ 쩌적······.

뭔가가 갈라지는 기분 나쁜 소리.

그것은 일리티아를 포위하고 있는 네 개의 탑이 내지르는 비명이었다. 검은색 돌로 된 탑의 표면에 균열이 생기더니, 팔대사도가 지켜보는 가운데 그 균열이 순식간에 점점 커졌다.

탑이 부서지고 있었다.

『맙소사……?!』

『이 결계로도 억제할 수 없단 말인가?!』

붕괴.

유리가 깨지는 것처럼 딱딱한 단말마의 비명을 지르면서, 성령 봉인 결계가 산산조각으로 부서져 사라졌다. 그리고 남은 것은 결계 한가운데에 있던 것——.

인간의 형태만 지닌 칠흑의 괴물이었다.

진짜 마녀.

마치 상공의 밤하늘을 인간 형태로 응축시킨 듯한, 순수한 검은색 부유물.

눈도 코도 입도 없었다.

반투명해진 검은색 몸속에는 수백 개나 되는 빛의 알갱이가 갇혀 있었다.

『왜냐하면 나는 정말로 나쁜 마녀이거든.』

성령술사라는 뜻이 아니었다.

이 세계에 재액을 초래하는 악의의 상징. 과거에 이형의 존재로 변해버린 천제를 봤던 팔대사도조차도 놀라서 숨을 멈출 정도로 엄청난, 인간의 상식을 초월하는 괴물이 그곳에 있었다.

이 별의——.

가장 흉악한 힘을 손에 넣은 마녀가.

『이 얼마나…… 얼마나, 무시무시한 모습인가……!』

『아하하!』

진짜 마녀가 양팔을 벌렸다.

몸도 마음도 인간이기를 포기해버린 일리티아. 그녀는 이상하리만치 고양된 몸짓으로, 녹아내릴 듯이 달콤한 말투로 말했다.

『아아, 좋아. 공포도, 동요도, 후회도, 고통도 전부 다 잊어버리고 타인을 짓밟아온 팔대사도가 이토록 당황하다니. 전 세계에 방송해주고 싶을 정도야……. 어머나, 하지만 그렇게 하면 나의 이런 모습까지 방송될 텐데. 어린애가 보면 울지 않을까?』

쾅!

예고도 없이 팔대사도의 영상이 나오던 모니터가 폭발했다.

루크레제우스를 제외한 일곱 개의 모니터에서 전원 케이블이 쑥 빠지고, 모니터를 받치고 있던 받침대가 나사까지 통째로 튕겨 나가서 바닥으로 떨어졌다.

일곱 개의 이니셜 「V」「E」「A」「P」「N」「O」「W」.

비트겐슐러, 에티엔느, 아레텐, 프로메스티우스, 노바라슐란, 오반, 와이즈맨

그동안 제국을 지배해왔던 자들의 모습이 모니터에서 사라졌다.

『어머? 어머나, 후후.』

진짜 마녀가 신이 난 목소리로 말했다.

회의장 정면의 벽이 정확히 둘로 쪼개지더니, 거기서 증기가 뿜어져 나왔다.

성령의 빛을 지니고 성스럽게 반짝거리는 그 증기 너머에서
——은색 오브젝트(섬멸 물체)가 회의장 벽을 가르듯이 튀어나왔다.

　『거성병(巨星兵). 켈비나의 실패작이 아닌가요. 전뇌체로서 존재하는 팔대사도가 빙의하기 위해 태어난, 추한 그릇.』

　반령반기(半靈半機)의 거인.

　그것은 이족 보행으로 움직이는「생물 같은 기계」였다. 동물의 호흡과 마찬가지로 온몸을 위아래로 들썩이면서 성령 에너지 증기를 뿜어내는 그 모습은 완벽한 생물 그 자체였다.

　그리고 그것의 에너지원은「성령」이었다.

　『우리는 다 알아, 일리티아.』

　『자네가 가지고 있는 재액은 성령과 비슷하지만, 그 실태는 불과 물처럼 대립하는 관계이다. 즉, 현재의 자네에게 성령 에너지는 맹독이나 마찬가지란 거지.』

　그렇다.

　과거에 재액의 힘으로 마천사(魔天使)로 변신했던 켈비나는 바로 그것 때문에 소멸하고 말았다.

　이스카와 린에 의해, 성령 기계로(機械爐) 속으로 추락해서.

　"나 같은 마천사나 비소와즈 같은 마녀에게 존재하는「그것」의 인자는, 이 별의 성령과는 양립할 수 없는 속성이거든."

　"그러니까 대량의 성령 에너지를 뒤집어쓰면……. 인간에게는 무해한 성령 에너지도, 나에게는 맹독인 거지."

진짜 마녀 일리티아는 그것의 완성형이다.

　이 세상에서 가장 심하게 성령 에너지를 기피하는 존재가 된 것이다.

　『성령술사의 왕녀였던 자네가 이제는 성령 에너지에 의해 정화되어 사라진다. 이 얼마나 아름다운 종막인가.』

　『별의 품속으로 돌아가라.』

　이족 보행을 하는 거인이 한 손을 내밀었다.

　손바닥에 있는 십자형 균열. 거기서 간헐천처럼 증기가 분출되면서 성령광 같은 빛이 흘러넘치더니.

　그 빛이 한곳에 응축됐다.

　그렇게 인식한 순간에는 이미 눈 부신 빛의 분류가 발사되고 있었다. 반응이 불가능한 속도로.

　──『성야견(星夜見)』.

　키잉! 하고 날카로운 소리를 내는 빛의 띠.

　광선이 아니라 거의 빛의 기둥과도 같은 초대형 성령 에너지 덩어리가 날아와, 어둠의 마녀와 그 주변의 공간을 통째로 태우면서 꿰뚫었다.

　흔적조차 남지 않았다.

　순도 높은 성령 에너지『성야견』은 에너지 분출량이 중간 규모의 볼텍스 급이었다.

　그 빛이 모든 것을 날려버렸고, 그 후에는 벽에 뻥 뚫린 커다란 구멍만 남았다.

쥐 죽은 듯 조용해진 회의장.

후드득후드득 벽의 잔해가 떨어지는 가운데──.

『아아, 즐거워.』

요염한 웃음소리가 울려 퍼졌다.

『너무 즐거워서 무서울 정도야. 약자를 괴롭히는 강자의 행위란 것은, 내가 가장 싫어하는 것일 텐데. 아아, 그래도 이 고양감은 습관이 될 것 같아.』

허공에 『칠흑』이 모여들었다.

성야검의 빛을 받아 완벽하게 폭발해 사라졌던 마녀가, 마치 안개가 소용돌이치는 것처럼 모여들어서 다시 인간의 윤곽으로 결합되고 있는 것이었다.

『으읏?!』

『방금 그 빛을 피했단 말인가?!』

술렁.

거대한 기계 병사에게서 일곱 개의 동요한 목소리가 흘러나왔다.

『피하다니? 말도 안 돼. 정말로 아팠는걸. 하기야 이제는 통각도 둔해졌지만. 아, 그래. 뜨거운 물을 머리에서부터 뒤집어쓴 듯한 고통이라고 하면 그럭저럭 나쁘지 않은 비유일까.』

자기 자신을 껴안는 것처럼 양팔을 휘감는 마녀.

그러더니.

『……흠, 그래서? 이게 다야?』

무감각한 목소리.

거성병에게 고하는 더없이 차가운 그 선고는, 팔대사도에게 100년 만에 「한기(寒氣)」란 단어를 상기시키기엔 충분한 것이었다.

『부족해. 턱없이 부족하네요. 별의 재액과 융합한 나를 겨우 그 정도의 성령 에너지로 해치울 수 있다고 생각한 건가요? 진심으로?』

『……말도 안 돼!』

『볼텍스 하나에 필적하는 성령 에너지인데……!』

일반적인 성령술을 고무탄이라고 가정한다면.

성야견은 이른바 대형 미사일에 해당하는 성령 에너지의 양이었다.

팔대사도의 비장의 카드인 거성병. 그것의 최대 화력인 이 일격으로 해치우지 못한다는 것은, 결국 일종의 절망이고————.

진짜 마녀 일리티아를 해치울 수단이 제국에도, 황청에도 존재하지 않는다는 뜻이었다.

총알도 화포도 통하지 않는다.

유일한 약점인 성령 에너지도, 성야견의 직격조차 화력이 부족하다면서 조롱을 당했다.

황청도 마찬가지.

네뷸리스 황청의 모든 성령술사가 발사하는 성령술도, 아마 이 진짜 마녀는 태연한 얼굴로 거뜬히 받아낼 것이다.

『에너지가 두 자릿수는 부족해. 나를 해치우려면.』

『…………!』

『세상에…… 이미, 그런 수준에 도달했다고…………?』

『봐, 이 정도야.』

검은 번개.

일리티아는 그렇게 표현할 수밖에 없는 빛을 발사했고──성야견의 광량을 가볍게 능가하는 그 초대형 빛의 해일이 거성병을 날려버렸다.

빛에 꿰뚫린 거성병은 수십, 수백 개나 되는 부품들로 분해되어 허공을 날았다.

산산조각으로.

한때 거성병이었던 것의 잔해가 흩어져서 회의장 바닥에 쌓여갔다.

『어머나, 이렇게 쉽게 끝나는 거야? 별의 외각(外殼)만큼 단단하다고 들었는데. 그럼 왕궁의 벽도 이 정도로 약했던 걸까.』

마녀가 그 자리에서 팔짱을 꼈다.

좀 전까지 자신을 내려다보고 있었던 거성병이 이제는 한낱 기계 파편으로 변해 바닥을 구르고 있었다. 거기에 빙의했던 팔대사도도 소멸한 게 틀림없었다.

『왠지 김빠지네. 가여운 현자들. 좀 더 당황하는 모습을 지켜보고 싶었는데.』

빙글 돌아섰다.

바닥에 높이 쌓여 있는 잔해에는 더 이상 관심이 없었다. 100년도 넘는 긴 세월 동안 제국을 뒤에서 조종해왔던 지배자들의 참 싱거운 최후————.

"……라고 생각할 테지만."

자그락…… 하고.

회의장에 흩어져 있는 잔해들을 밟는 기척. 그것을 눈치챈 진짜 마녀가 그쪽을 돌아보자, 그곳에는 폭이 좁은 대검을 든 남자가 서 있었다.

갑주와 코트가 일체화된 특징적인 전투복을 입은 주홍 머리 제국 병사.

『어머, 요하임.』

인간의 형태를 지닌 괴물……로 변한 일리티아가 밝은 목소리를 냈다.

기쁜 것처럼, 즐거운 것처럼.

당연히 적이어야 할 제국 병사를 돌아보는 그녀의 목소리는, 마치 세상에서 가장 사랑하는 남자를 발견한 소녀처럼 순수한 기쁨으로 가득 차 있었다.

『지상에서 망을 보고 있는 거 아니었어? 아니면 역시 내가 걱정돼서 온 거야? 내가 팔대사도에게 패배하기라도 할까 봐?』

"반쯤은 그랬지."

『?』

"일리티아. 나는 당신보다 더 똑똑한 사람은 본 적이 없어. 서로 속고 속이는 싸움에서는, 당신을 걱정할 마음은 없어."

이쪽으로 걸어오는 붉은 머리 제국 검사.

──사도성 제1위, 『순(瞬)』의 요하임.

제국군의 중추에 소속되어 있으면서도 실제로는 일리티아에게 충성을 맹세한 그 검사는 정면을 응시하고 있었다.

그것은 거성병의 잔해였다.

"하지만 팔대사도는 얕보면 안 돼."

눈앞에 높이 쌓여 있는 부품들과 잔해들.

그 혼합물을 내려다보면서.

"팔대사도는 오로지 이 별의 모든 권력을 휘어잡기 위해 100년이 넘게 살아왔다. 그 업(業)과 집념은 거의 원념이나 마찬가지야. 이 녀석들은 자기들이 계속 존재하기 위해서라면 뭐든지 할 거야. 존엄이든 뭐든 따지지도 않지. 이를테면……."

콱.

붉은 머리 검사의 구두코가 잔해의 무더기를 걷어찼다.

그 밑에서 나타난 것은 일곱 개의 모니터 파편. 놀랍게도 그것이 지금도 약간이나마 희미한 빛을 띠고 있었다.

"잔해들 밑에 숨어서 소멸한 척을 한다거나."

『────?!』

모니터 파편이 심하게 깜빡거렸다.

분명히 의지가 있어 보였다. 요하임의 음성, 또 그에게 들켜버렸다는 사실에 대한 동요가 모니터 빛의 점멸로 표현되고 있었다.

"자, 보는 바와 같아. 이토록 보기 흉한 파편이 되어서, 이제는 말도 못 하고 모습을 투영하지도 못하는 상황인데도 기죽지 않고 이렇게 계속 숨어 있잖아. 아마도 우리가 떠난 다음에 다른 기계에 빙의(링크)해서 힘을 되찾으려고 했을 테지, 안 그래?"

팔대사도는 육체가 없는 전뇌체이다.

거성병이 아니어도, 기계라는 빙의 대상이 있으면 금방 재생될 수 있다.

『……감탄스러울 정도야.』

그 한숨에 섞인 감정은──.

일리티아가 직접 말한 것처럼 칭찬과 질림의 혼합물이었다.

『정말, 참으로. 어쩜 이렇게 가여울까. 이미 육체는 먼 옛날에 사라졌는데도 사념만 남아서 현세에 매달리고 있으니.』

일곱 개의 모니터 파편이 격렬하게 깜빡거렸다.

자기들을 내려다보는 일리티아에게 뭔가를 필사적으로 호소하는 것 같았다.

『나는 나쁜 마녀야. 황청에 미련 따위는 없지만…… 딱 한 가지, 그래도 성령술사 나부랭이로서 아직 못다 한 일이 있어. 저기, 그게 뭔지는 알지? 100년 전에 수많은 성령술사들이 피와 눈물을 흘리게 했던 원흉 여러분.』

팔대사도에게.

빛나는 일곱 개의 파편을 내려다보면서 성령술사 왕녀는 고했다.

『모든 성령술사의 분노를 대신하여, 산산조각이 나도록 밟아줄게.』

『──────!』

『……라고 말하고 싶지만. 그럴 필요도 없었네.』

빙글 몸을 돌렸다.

요하임을 손짓으로 부르더니, 인간의 모습을 한 괴물은 뜻밖에도 거성병의 잔해를 등지고 바깥을 향해 걸음을 옮기기 시작했다.

일곱 개의 파편을 놔둔 채.

그냥 묵인해준 건가?

묵인을 당한 건가?

진짜 마녀와 요하임이 떠나간 뒤, 침묵에 휩싸인 회의장에서.

툭…….

작은 파편이 떨어졌다.

갈라진 천장에서 떨어져 나온 콘크리트 벽이었다.

『?!』

그렇다.

팔대사도가 스스로 발사했던 거성병의 성야견과, 일리티아가 발사했던 성령 에너지의 충격으로 인해 회의장은 이미 한계에 다다른 것이다.

붕괴.

후드득후드득…… 툭…… 하고 작은 파편들에 섞여서 점점 큰 파편이 떨어지기 시작했다.

그 와중에.

어디선가 들려오는 마녀의 목소리.

"영원히 안녕, 구시대의 대역죄인들."

"당신들이 파낸 『별의 배꼽』과, 권력의 증거인 제국 의회. 모두 다 한꺼번에 궤멸한다면 당신들도 만족할 테지?"

이어지는 붕괴.

천장이었던 벽이 수백 킬로그램, 수 톤이나 되는 잔해로 변했다.

쏟아지는 회색 돌의 비가, 바닥에 굴러다니는 일곱 개의 모니터 파편을 흔적도 없이 짓뭉갬으로써——.

제국 의회는.

팔대사도는.

이 별에서 소멸했다.

Chapter.2

『세 계 최 후 의 날 에
울 려 퍼 지 는 마 녀 의 노 래』

the War ends the world /
raises the world

1

옛날에 네뷸리스라는 이름을 가진 누나들과 남동생이 있었다.

세계 최대의 국가 『제국』으로 돈을 벌려고 찾아온 그 세 사람은, 세상에서 가장 깊은 구멍——「별의 배꼽」이라고 불리는 채굴장에서 성령 에너지를 뒤집어쓰고 각각 마녀와 마인으로 변했다.

훗날 시조라고 불리게 된 쌍둥이 언니 에브.

훗날 네뷸리스 1세라고 불리게 된 쌍둥이 여동생 앨리스로즈.

그리고.

제국에 남아 천제의 밑에서 흑강의 검투사라고 불리게 된 친척 남동생 크로스웰.

——그중 두 사람이 100년 만에 재회했다.

제국령, 제7 국경 검문소.

국경에 해당하는 그 검문소는 현재 사방에서 시커먼 연기가 피어오르고 있었다.

엿가락처럼 휘어진 철책.

제국군의 무장 차량은 뒤집힌 상태로 바닥을 구르고 있었고, 주위에는 후퇴한 제국 병사들이 던지고 간 총이 버려져 있었다.

그것은──.

단 한 명의 마녀에 의해 이루어진 파괴의 흔적이었다.

"······나랑 이야기하고 싶다고?"

제국군이 한 명도 남김없이 철수해버린 지상.

그곳의 상공에는 마치 빨려 들어갈 것처럼 짙은 푸른색 하늘이 펼쳐져 있었는데, 거기에 갈색 소녀가 홀로 둥둥 떠 있었다.

"이제 와서 무슨 이야기냐. 크로."

시조 네뷸리스.

가장 오래된 최강의 마녀는 탁한 금빛 머리카락을 바람에 휘날리면서 지상을 내려다봤다. 그 시선의 끝에는 먼 옛날에 싸웠다가 헤어진 친척 동생이 서 있었다.

크로스웰 게이트 네뷸리스.

성검의 초대 소유자는 딱 한 마디를 조용히 중얼거렸다.

"회상이야."

"회상?"

"······세상일이 마음대로 되지는 않는구나. 나도, 또 융메룽겐도 지난 100년 사이에 그것을 지겨울 정도로 통감했어."

그리고 살짝 한숨을 쉬었다.

"그게 언제였더라. 내가 이런 말을 했었지. 『나와 융메룽겐은 아직 제국을 바꿔놓진 못했어. 하지만 바꿀 수 있는 희망을 발견했어』라고."

"그래. 그게 왜?"

"누나가 잠들어 있는 동안에 이 지상에서는 많은 일들이 있었어. 한번은 불타서 폐허가 됐던 제국도 부흥했지. 아니, 부흥한 정도가 아니라 고도의 기계화가 가속되었어. 누나가 보기에는 현재의 제도는 마치 미래 도시처럼 보일 테지."

"그렇게 된 이유가 뭔데?"

누나의 목소리에 가시가 돋쳤다.

"크로, 괜히 말 돌리지 마. 제국이 발전한 이유는 마녀를 두려워하기 때문이잖아? 제국이 성령술사를 적대시한다는 것을 보여주는 증거일 뿐이야."

"그래. 그런 일면은 부정할 수 없어."

또다시 탄식하더니.

머리 위를 쳐다보던 크로스웰은 갑자기 시선을 아래로 내렸다.

"결국 그것이 나와 융메룽겐의 오산이었어. 제도가 잿더미가 된 날 이후로 모든 제국 사람들이 마녀와 마인을 증오하고, 두려워하게 되었어. ……그래서 나와 융메룽겐은 제국에 남아서 계속 기다렸던 거야."

시간이 해결해줄 것이다.

제국에 뿌리내린 성령술사에 대한 공포심도——.

황청에 만연한 제국군에 대한 증오심도——.

풍화될 것이다.

10년, 20년으로는 안 될지도 모르지만.

50년이나 70년, 혹은 100년이라는 세월은 사람들의 기억을 저 멀리 떠내려 보내줄 것이다. 그렇게 생각했었다.

"……통감했어. 세상일이 마음대로 되지는 않는다는 것을."

두 번째로 나온 대사.

그것은 친척 누나에게 하는 말이 아니라, 크로스웰이 자기 자신에게 말하는 것이었다.

"제국과 황청의 싸움은 날이 갈수록 심해졌고, 세계 곳곳에서 충돌이 발생하기 시작했어. 분노가 풍화되기는커녕 새로운 세대까지 계속 전해져 내려갔지. 나는 그것을 막지 못했어."

가장 큰 오산은 천제 융메룽겐의 용태였다.

시조와 마찬가지로 별의 재액의 힘에 사로잡힌 융메룽겐은, 천제로 즉위하자마자 즉시 긴 잠에 빠졌다.

눈을 뜨는 것은 1년에 겨우 며칠밖에 안 되었다.

"내가 할 수 있었던 일은 기껏해야 그 녀석이 일어났을 때 『오늘』이 며칠이고, 그 녀석이 잠자는 동안에 이 세계에서 무슨 일이 일어났는지 설명해주는 것뿐이었어. 결국 제국의 최대 권력자는 여전히 팔대사도였고, 제국군은 눈 깜짝할 사이에 비대화되었지."

황청도 마찬가지였다.

초대 여왕 앨리스로즈가 세상을 떠난 뒤 네뷸리스의 피는 세 개의 왕가로 갈라졌다.

　3대 왕가는 저마다 자신이 다스리는 지역 및 성령 부대를 소유했고, 각자 제국군과의 싸움에 대비해 힘을 길러왔다.

　"크로."

　그런 그에게.

　대꾸하는 시조의 음성은 공격적이었다.

　"네가 지금 하는 것은 회상이 아니야. 참회지."

　"…………."

　"네가 제국에 남겠다고 했을 때 나는 분명히 이렇게 말했었다. 『아직도 그런 헛된 꿈에 사로잡혀 있는 거냐?』라고. 100년이 지나서 너는 겨우 그 꿈에서 깨어난 거야."

　휴 하고.

　소녀의 입술에서 흘러나온 한숨은 거센 바람 속에 녹아들었다.

　"크로. 제국을 내부에서부터 바꾸려고 했던 너와 융메룽겐은 실수한 거였어."

　"결과적으로는 그렇게 됐지."

　"그래. 그러니까 더 이상 나를 방해하지 마라."

　제국은 바꿀 수 없다.

　천제 융메룽겐이 100년 동안 애썼는데도 성공하지 못했다. 제국에 뿌리내린 마녀와 마인에 대한 공포심을 불식시키는 것은 불가능하다.

그 공포가 사라지지 않는 한, 황청에 대한 박해도 여전히 계속될 것이다.

그러니까──.

"제국을 멸망시킨다."

"이제는 그럴 필요가 없어졌어."

시간이 멈췄다.

"제국을 멸망시킨다"는 자신의 말에 호응하듯이 동시에 말을 꺼낸 크로스웰. 그 한마디에 갈색 소녀는 눈 깜빡이는 것조차 잊어버리고 허공에서 동작을 딱 멈췄다.

진심으로 감명을 받았기 때문이 아니다.

도저히 이해할 수 없는 그 논리에 순간적으로 놀라서 두뇌의 사고회로가 마비된 것이다.

"⋯⋯⋯⋯뭐라고?"

"내 이야기는 아직 안 끝났어. 오히려 그 반대다. 지금부터가 시작이야."

크로스웰이 움직였다.

왼손에 들고 있던 한 자루의 장도(長刀)──그것은 검은색 성검과 비슷하지만 다른 물건이었다. 시조는 한눈에 그것을 간파했다.

"복제품이냐."

"맞아. 별의 백성에게 억지로 부탁해서 만든 거야. 성검은 이스카에게 쥐버렸으니까."

"…………."

이스카. 그 이름을 들은 갈색 소녀가 미간을 찌푸렸다. 크로스
웰은 그것을 분명히 봤다.

"그 멍청한 제자랑 한번 싸웠다고 하던데? 풍문으로 들었어."

"……그래서? 하고 싶은 말이 뭔데."

"놀랐지?"

"……무엇 때문에?"

"누나가 보기에는 어땠어?"

"!"

공중에 떠 있는 소녀가 눈을 부릅떴다.

한순간 뭔가를 떠올리는 것처럼 무의식적으로 허공을 바라보
더니, 금방 정신을 차리고 입을 꾹 다물며 정색했다.

"기억이 안 나는군."

"그래? 그 멍청한 제자는 다른 제국 병사와는 뭔가 달랐을 텐
데. 이를테면──."

"다시 한번 잠들어라, 네뷸리스."

"다음에 깨어나면 틀림없이 좀 더 괜찮은 세계가 너를 맞이해
줄 거야."

"그 녀석은 누나를 마녀라고 불렀어?"

"———."

"그 녀석이 누나와 싸웠던 이유는 뭐야? 다른 제국 사람이나 제국군처럼 복수심에 사로잡혀서 덤볐던 거야?"

"———."

"아니지? 그리고 누나도 이해했을 거야. 어째서 내가 성검을 그 녀석에게 맡겼는지."

스승 크로스웰은 제국을 바꾸지는 못했다.

성령을 지닌 마인이라는 사실을 숨겨야 하는 이상, 제국 내에서 눈에 띄는 활동을 할 수 없었기 때문이다.

제국을 바꾸는 것은——.

제국 사람이 스스로 하지 않으면 실현할 수 없다는 사실을 깨달았다.

그래서 후계자가 필요했던 것이다.

"나와 융메룽겐은 제국을 바꾸지 못했어. 하지만 그 녀석이라면——."

"크로오오오오!"

대기가 진동했다.

갈색 소녀가 다짜고짜 발한 포효가, 눈에 보이지 않는 거대한 충격이 되어 덮쳐왔다.

"…………크로……"

소녀가 어금니를 꽉 깨물면서 말했다.

"설마, 이번에도 또 그때랑 같은 말을 하려고……? 내가 여기까지 왔는데…… 그런데도 너는, 또『기다려』라고 말하려는 거냐? 100년이 지났는데도 무엇 하나 바뀌지 않은 제국에서, 또다시 실낱같은 희망을 발견했다는 이유로?"

"맞아."

"크로오오오오오오옷!"

시조 네뷸리스의 오른손이 허공을 갈랐다.

성령의 바람. 옆으로 세게 들이치는 그 돌풍은 지상의 자동차를 나뭇잎처럼 가볍게 날려버리면서, 거대한 바람의 벽이 되어 크로스웰을 덮쳤다.

그 바람을 흑강의 검이 갈랐다.

"―――."

시조는 여전히 손을 들어 올린 채 얼어붙은 것처럼 동작을 멈췄다.

놀란 것은 아니었다.

왜냐하면 저번에도 같은 일을 경험했기 때문이다.

"겉모습만 비슷한 복제품은 아닌가 보군."

"아니, 겉모습만 비슷한 거야. 성검의 가장 중요한 기능이 없거든."

까만 칼자루를 움켜쥔 크로스웰은 무표정했다.

그저 담담하게 말을 이었다.

"이 검으로는 별의 재액은 쓰러뜨릴 수 없어. 그것을 쓰러뜨릴 수 있는 것은 성검밖에 없어. 그런 것은 누나에게는 말할 필요도 없겠지만, 여기선 일부러 말해둘게."

하늘을 우러러봤다.

그곳에 떠 있는 친척 누나를 쳐다보면서.

"융메룽겐이 말하기를, 세상에서 가장 흉포한 누나를 저지하는 것은 동생인 나의 의무라고 하더군."

제국령의 맨 끄트머리에서——.

한때 누나와 동생이었던 두 사람은 또다시 격돌했다.

그러나.

실은 이 두 사람조차 알지 못했다.

제국 황청의 배후의 조종자였던 팔대사도가, 이 순간 제국 의회와 함께 소멸했다는 것을.

그리고——.

진짜 마녀가 주도하는 이 세상에서 가장 평등하고 잔혹한, 제국과 황청을 아무런 구별 없이 모조리 끌어들이는 무차별 「정화」 작업이 이제 막 시작되려고 한다는 것을.

2

제국, 제8 국경 검문소(동북부).

지금이 보통 때였다면, 검사장 앞에 수십 대나 되는 민간 차량이 줄을 선 광경을 볼 수 있었을 것이다.

그런데 지금 이곳은 사람이 전혀 없는 것처럼 텅 비어 있었다.

——대마녀 네뷸리스의 습격.

100년 만에 부활한 대마녀가 제7 국경 검문소를 덮쳤다는 소식을 듣고, 이곳에 있던 일반인들도 모두 다 대피한 것이다.

"좋아, 좋아. 참 훌륭한 판단이야."

저벅…… 저벅…… 하고.

규칙적으로 울려 퍼지는 구두 소리에 맞춰서 가면 쓴 남자가 국경 검문소의 게이트를 느긋하게 통과하고 있었다.

"무엇이 훌륭한가 하면, 제국 밖으로 도망친 것이 참으로 올바른 선택이었어. 제국령은 오늘 불바다로 변할 테니까. 이 국경 검문소를 통과해 제국 안으로 도망치는 것이 아니라, 제국 바깥의 중립도시로 도망친다. 그것은 정말 현명한 판단이야."

이어지는 경보.

가면 쓴 남자가 한 걸음 내디뎌 게이트를 통과한 순간, 그곳에 설치되어 있던 경보기가 새빨갛게 깜빡거리면서 소리를 냈다.

성령 에너지 대형 검출기.

가면 쓴 남자는 그런 소음에도 눈썹 하나 까딱하지 않고 그대로 통과했다.

"그 덕분에 우리도 움직이기 쉬워졌다. 제국군과의 싸움을 보고 일반인이 소란을 떨면 귀찮아지니까."

이어서 열 명이 넘는 남녀가 등장했다.

평범한 양복을 입은 민간인으로 위장하고 있었지만, 그들이 통과하는 동안에도 성령 에너지 검출기는 계속 소리를 내고 있었다.

그 경보음이——.

한층 더 요란하게 큰 음량으로 울부짖기 시작했다.

"숙부님, 오래 기다리셨죠."

안대를 쓴 소녀가 조용히 이쪽으로 걸어왔다.

나이는 열셋이나 열넷 정도 되었을까.

길고 검은 머리카락은 아름답고 윤기가 났으며, 드레스는 호화찬란하고 화려했다. 비록 안대를 써서 눈을 가리고 있었지만, 그 작은 코와 입술은 마치 인형처럼 예쁘고 사랑스러웠다.

점점 커지는 경보음.

그 소녀 하나의 몸속에 채워진 성령 에너지의 양이 가면 쓴 남자와 부하들의 총량을 초과한다는 사실을, 경보기의 큰 음량이 웅변적으로 알려주고 있었다.

"점심을 먹고 왔습니다."

"빨리 왔구나, 키싱. 더 천천히 먹고 와도 괜찮았는데."

숙부님——.

그렇게 불린 가면 경은 검은 머리 소녀 키싱을 돌아봤다.

"어차피 잠깐 쉬려고 했다. 샤놀로테 군과 합류하려면 시간이 걸리니까. 그 사람이 안내해주지 않으면 제도를 침공하기도 좀 불안하거든."

"여기서 쉰다고요?"

키싱은 약간 머뭇거리는 태도를 보였다. 이 소녀에게서는 보기 드문 행동이었다. 누구보다도 잘 따르는 가면 경의 말에 불만을 품은 듯했다.

"＿＿＿＿＿."

"왜 그러니? 키싱. 뭔가 의견이 있다면 말해보렴."

"소리가 너무 시끄러워요."

"아, 그렇구나. 그럼 저 검출기와 게이트를 통째로 없애버려도 돼……. 흐음? 그런데 좀 묘하군."

가면 경이 턱을 만지작거리며 생각에 잠겼다.

의아하다는 듯이 쳐다보는 키싱의 눈앞에서.

"이 정도로 시끄럽게 경보가 울리고 있으니까. 당장 제국 병사가 달려와야 할 텐데…… 이 국경 검문소에서도 한 명도 빠짐없이 다 철수해버린 건가?"

제국군이 나타나지 않았다.

이렇게 경보가 시끄럽게 끊임없이 울려 퍼진다면 당연히 경비 중인 제국 병사가 달려와야 할 것이다. 그런데 실제로는 한 명도 달려오지 않았다.

"옆에 있는 국경 검문소를 시조님이 습격하고 계시니까. 그쪽에 가세하러 갔다고 하면 이해는 되지만…… 아니, 그래도 경비를 아예 포기할 정도로 어리석지는 않을 텐데?"

시조가 제7 국경 검문소를 습격 중.

그 빈틈을 노려 네뷸리스 황청의 자객이 다른 지점으로 침입한다. 그것은 제국군도 예상할 수 있는 상투적인 수단일 것이다.

"아무리 그래도 이곳은 국경이다. 최소한 통신용 병사 한두 명은 남겨두고 가는 것이 기본이라고 나는 생각하는데, 제국군은 도대체 무슨 생각을 하는 건지."

정면에 있는 검사장으로 향했다.

여남은 명의 부하들과 키싱을 데리고 걸어갔다.

──계속 울리는 경보.

그것은 유례없이 커다란 음량으로, 이곳에 모여 있는 성령 부대의 침입을 꾸준히 알리고 있었다.

몇십 초나. 몇 분이나.

그런데도 제국 병사는 한 명도 나타날 기미가 보이지 않았다.

어째서?

그런 의문이 이윽고 위화감으로 변하더니. 더 나아가 의심으로 확대되었고──.

"저거, 사람인가?"

그렇게 중얼거린 사람은 부하 중 한 명이었다.

검사장 앞 광장에 서로 겹쳐지듯이 쓰러져 있는 무수한 사람들. 그 모습이 점점 가까이 다가갈수록 선명해졌다.

그리고 가면 경은 이 세상에서 가장 기묘한 광경을 목격했다.

"······이럴 수가?!"

쓰러진 제국 병사들.

총을 든 채. 또는 차 안의 운전석에 앉은 채. 그들은 모두 꼼짝도 하지 않았고, 눈을 뜨지도 않았다.

제국군이 전멸한 것이었다.

이게 어떻게 된 거지?

도대체 무슨 일이 일어난 걸까?

"······이게 뭐죠?"

키싱도 혼란스러워하는 말투로 중얼거렸다.

우리는 이곳에서 제국군과 싸울 각오도 했었다. 그렇게 100년 동안 대립해온 우리의 원수가, 어찌 된 영문인지 우리가 도착하기도 전에 괴멸되었다.

그것도 제국의 국경에서.

"숙부님, 이게 무슨 상황인가요?"

"키싱, 넌 여기서 기다리렴. 물론 저들이 쓰러진 척하는 것처럼 보이진 않는다만."

무수한 제국 병사들이 쓰러져 있는 광장 쪽으로 가면 경은 홀로 걸어갔다.

그리고 관찰했다.

무엇이 기괴한가 하면, 쓰러진 제국 병사들은 단 한 명도 다치지 않았다는 것이었다.

그럼 대체 왜 쓰러진 걸까?

"독가스 같은 것에 당하지도 않은 것 같은데. 어디 보자⋯⋯."

툭.

쓰러진 제국 병사의 머리를 구두코로 슬쩍 쳐봤다. 반응은 없었다. 단, 약간이나마 가슴이 위아래로 움직이고 있었다. 희미한 숨소리도 들렸다.

"⋯⋯살아 있네. 그렇다면 잠자고 있는⋯⋯ 게 아니라, 누가 억지로 재운 건가? 그래도 이건 기묘하군. 이토록 시끄럽게 경보가 울리고 있는데. 눈을 뜰 기미도 안 보인다니."

위화감.

아니, 위화감의 수준을 넘어서서 공포감이 느껴졌다.

성령술 중에도 최면술 같은 것이 있긴 하지만⋯⋯ 오히려 그런 성령술에 대해서는 매일 수많은 대책을 세우고 있는 것이 제국군이었다.

그런 제국군이 전멸했다고?

그 누구도 직접적으로 다치지는 않았다. 모두가 눈을 감고 깊은 잠에 빠져 있었다.

이 얼마나——.

얼마나 비현실적인 괴멸인가.

이 정도로 **평화로운** 전멸은 그동안 본 적이 없었다.

"불가사의하구나. 우리보다 먼저 제국군을 해치워준 사람이 있다고? 그런데 이 정도로 교전의 흔적이 보이지 않는다는 것은……."

당장은 뭔가 떠오르지 않았다.

3대 왕가 중 하나인「조아」의 당주 대리인인 가면 경조차도 해명할 수 없었다. 도대체 어떤 수단으로 이 전멸이 이루어진 것인지.

그래서 좀 짜증이 날 정도였다.

"키싱, 이리 오렴. 접근해도 괜찮은 것 같아. 하지만 함부로 건드리지는 마라."

"네, 숙부님."

조용히 다가오는 소녀.

그 발이 광장의 코앞에서 딱 멈췄다.

"……."

"키싱, 왜 그러니?"

"…………싫어……."

"응?"

"————————시, 싫어엇! 으읏————!"

소리 없는 절규.

가면 경과 부하들 앞에서 검은 머리 소녀가 돌연 온몸의 경련을 일으키면서 머리를 감싸고 비명을 질렀다.

그 와중에 소녀의 눈을 가리고 있던 안대가 스르르 풀렸다.

——보라색으로 빛나는 눈동자.

키싱 조아 네뷸리스 9세의 가장 특별한 특이 체질.

그것이 바로 이 눈동자에 생겨난 성문(星紋)이었다.

성령술사는 몸의 표면에 반드시 성문이 존재한다. 그러나 눈동자라는 시각 기관에 성문이 깃든 사례는, 기록상으로는 키싱 이외에는 아무도 없었다.

성령 에너지의 가시화(可視化).

최신형 제국제 성령 에너지 검출기보다 무려 몇만 배, 몇억 배나 되는 정밀도로 키싱은 에너지를 볼 수 있었다.

그래서 키싱은 비장의 카드인 것이다. 조아 가문이 계획하는 「성령술사 대항」 전쟁을 위한──.

"……싫어! 안 돼…… 오지 마!"

그 소녀가 비명을 지르고 있었다.

보고 말았던 것이다.

지금 이곳에, 상상을 초월하는 괴물이 와 있는 것을.

"키싱? 진정하렴. 도대체 무엇이 보여서──."

『어머나. 그래요, 왠지 낯익다고 생각했는데.』

간드러진 목소리가 울려 퍼졌다.

가면 경 일행이 지켜보는 가운데, 포장도로의 균열에서 까만 기류가 솟구쳤다.

검은색 볼텍스.

그렇게 표현할 수밖에 없는 기류가 허공에서 소용돌이치더니 빙글빙글 한곳으로 모여 응축되면서 점차 인간 같은 윤곽으로 변해갔다.

눈도 입도 없는 검은색 괴물로.

──쿵.

심장이 으스러졌다.

그런 착각이 들었다. 가면 경의 이마에서 미친 듯이 식은땀이 났다.

"……앗?!"

키싱을 끌어안고 뒤쪽으로 순간이동을 했다.

한눈에 눈치챘다.

제국군을 전멸시킨 것은 이 괴물이고, 키싱이 감지한 것도 이 괴물이란 사실을.

『───────.』

그 검은 괴물이.

이쪽을 가만히 관찰하는 것 같더니 갑자기 뒤를 돌아봤다.

바닥에 쓰러져 있는 제국군을 본 것이다.

『가면 경은 이 제국군이 신경 쓰이나요? 어휴, 이자들이 참 무례하더라고요. 나를 괴물이라고 부르면서 공격해서. 가볍게 벌을 준 겁니다.』

"?!"

경악한 나머지 이상한 소리를 낼 뻔했다.

이 괴물이 어떻게 내 이름을 아는 걸까?

"……허, 이것 참."

가면 경은 아직도 덜덜 떨고 있는 키싱을 자기 등 뒤에 숨기면서 한 발 앞으로 나섰다.

부하들이 보고 있다.

당주 대리인인 자신이 당황한다면, 그것은 부하들의 사기에도 영향을 줄 것이다.

"이형의 존재가 내 이름을 알고 있다니. 이게 어찌 된 영문일까?"

『어머나, 너무하시네.』

나 상처 받았어——.

연극을 하는 듯한 음성과 몸짓으로 괴물이 뺨에 손을 대면서 말했다.

『가면 경, 설마 저를 잊어버리신 건가요? 달의 탑에서 그토록 자극적인 밀회를 한 사이인데.』

"뭐라고?!"

『아하하~.』

괴물이 순식간에 음성을 다시 바꿨다.

쿡쿡거리면서 악마 같은 웃음소리를 내더니.

『이 모습일 때에는 목소리가 이중, 삼중으로 울리기 때문에 인간의 귀로는 잘 알아듣기 어려운 것 같네요. 그래도 역시 좀 슬퍼요. 가면 경조차 저를 알아봐 주시지 못하다니.』

스윽 하고.

크게 부풀어 오른 가슴을 자기 손가락으로 부드럽게 쓸었다.

그것은 인간이라면 참 풍만하고 매혹적인 윤곽일 테고——.

게다가 더없이 요염한 저 음성의 억양.

"…………."

딱 한 사람.

가면 경의 뇌리에 떠오른 사람이 있었다.

"……일리티아 군……인가?"

『알아봐 주셔서 영광이에요.』

술렁.

뒤에 있는 부하들이 조그맣게 경악한 소리를 냈다. 당연했다. 왕궁 최고, 아니, 황청 최고라고도 칭송받았던 경국지색과, 이 새까만 안개 같은 괴물이 같은 사람이라니.

공통점이라곤 찾아볼 수 없었다.

"제국군을 그렇게 만든 것은 자네인가?"

『더할 나위 없이 유쾌했습니다.』

스스로 일리티아라고 이름을 밝힌 괴물이 양팔을 벌렸다.

『세계 최대의 군사력이라고 알려진 제국군이, 가볍게 놀아주기만 해도 이토록 무력하게 쓰러지다니. 그 모습이 어찌나 귀엽던지 몰라요.』

"……흐음."

그 대답에 가면 경의 인상이 확 달라졌다.

루 가문의 제1 왕녀가 어떤 과정을 거쳐서 이렇게 백팔십도로 달라졌을까. 제국군을 상대로 어떤 힘을 발휘했을까. 그런 문제는 나중으로 미뤄두자. 해명하려면 시간이 걸릴 테니까.

그보다도 여기서 가장 적합한 행동은──.

이용하는 것이다.

이토록 쉽게 제국군을 괴멸시킨 그 능력. 시조뿐만 아니라 일리티아까지 가세해준다면 제도를 하룻밤 만에 함락시킬 수 있을 것이다.

"자네를 에스코트해주고 싶군."

그는 일리티아를 흉내 내어 양팔을 벌렸다.

"우리는 성령술사 동지가 아닌가. 자네도 같이 가자, 일리티아 군. 시조님과 함께 제국을 멸망시킬 절호의 기회야."

『네. 제국 따위는 불필요합니다. 사라지게 할 거예요.』

"아주 좋아. 그러면──."

『황청도 마찬가지입니다.』

쿡쿡.

마녀의 요염한 웃음. 그 의미를 순간적으로 이해하지 못하고 가면 경은 그 자리에 한동안 우두커니 서 있었다.

"……지금, 뭐라고 했나?"

『황청도 시조님도 왕가도 전~부 다 불필요합니다. 필요 없어요.』

"……일리티아 군, 대체 무슨 소리를 하는 건가."

목소리가 갈라졌다.

자기도 모르는 사이에 가면 경의 목구멍에서는 수분이 한 방울도 남기지 않고 완벽하게 말라버린 것이다.

"자네는 네뷸리스 황청의 왕녀가 아닌가. 여왕의 딸이라고. 안 그래?"

『나는 마녀입니다.』

"?"

『그동안 쭉 되고 싶었어요. 세계 최후의 마녀가. 진짜 마녀가. 제국도, 황청도 막지 못하는 존재가.』

괴물이 또다시 가슴에 손을 댔다.

『시조도 순혈종도 다 부질없어요. 선택받은 성령술사만 군림하는 왕가 따위는, 이상적인 국가와는 거리가 멉니다. 그러니까 없애버릴 거예요. 달(조아)도 태양(히드라)도 별(루)도 전부 다 평등하게 멸망시키고, 내가 진정한 낙원을 건설하고 싶습니다.』

"…………."

『기뻐하세요, 가면 경. 제국을 멸망시킨다는 조아 가문의 염원은 오늘 이루어질 것입니다. 그러니 안심하고 쓰러져주세요.』

"……글쎄. 자네가 하고 싶은 말이 뭔지, 잘 이해는 안 가지만."

가면 아래에서.

가면 경의 눈이 바늘처럼 날카로워졌다.

"요컨대 이런 이야기인가? 내 앞에 있는 것은 일리티아 군이 아니라───────한낱 괴물이란 거군."

『태세 전환이 빨라서 좋네요.』

검은 괴물이 기쁘다는 듯이 신난 목소리로 말했다.

『나도 무저항인 인간을 해치우는 것은 그다지 내키지 않거든요. 그러니까 부디 마음껏 힘을 발휘해주시길 바랍니다. 왕가의 힘을. 순혈종의 힘을.』

물론…… 하고.

그렇게 짧은 말을 덧붙인 후.

『무의미한 짓입니다만.』

쌩.

날카롭게 날아온 나이프 하나가 노면에 푹 박혔다.

시커먼 괴물로 변한 일리티아의 육체를 그대로 통과해서 그 뒤의 노면에 박힌 것이다.

"흐음?"

『어머나, 가면 경. 무섭네요. 다짜고짜 날붙이를 던지시다니.』

자신의 목에 손을 대는 일리티아.

나이프가 날아든 부위. 인간의 경우에는 목에 칼날이 박히면 피가 철철 흐를 테지만, 일리티아에게는 박히지 않았다.

칼날이 그냥 통과한 것이다.

물이나 공기처럼 칼날이 통과해버렸다. 제국군의 총알이나 대포도 마찬가지일 것이다.

"도대체 무슨 원리인지 궁금하군. 그 육체는."

『육체란 것은 없습니다. 지금의 나는, 성령 에너지의 결정체 같은 것입니다.』

"……성령이냐?!"

『그보다 더 무서운 것이에요.』

진짜 마녀가 손을 뻗었다.

그와 동시에 가면 경의 뒤편에서 부하들이 일제히 전투태세를 취했다.

――접근하게 놔두지 않는다.

괴물 같은 모습으로 변한 일리티아의 능력은 미지수.

제국군을 어떤 능력으로 전멸시켰는지도 모르는 이상, 최선책은 일리티아에게 그 능력을 사용할 틈을 주지 않고 그녀를 소멸시키는 것이었다.

"……오히려 좋은 구실을 줘서 고맙군."

"우리가 없애는 것은 괴물. 루 가문의 왕녀가 아니다!"

조아 가문의 정예 부대.

불이, 번개가, 냉기가, 충격이.

거세게 휘몰아치는 성령술이 사방팔방에서 눈 깜짝할 사이에 괴물을 덮쳤다.

도망칠 곳은 없었다.

수십 개나 되는 성령술이 연쇄 반응을 일으키면서 파열됐다. 그 여파가 맹렬한 회오리바람이 되어 국경 검문소를 휩쓸었다. 이어서 지지직…… 하고 빛이 방출됐는데, 그것은 극도로 압축된 에너지가 결정화되어 구현된 것이었다.

그토록 대단한 역장(力場)이었다.

그렇다면 그 힘의 소용돌이의 중심부에서는, 더 이상 버텨낼 수 있는 물질은 하나도──.

『아아, 정말 아름다운 음색이야.』

　황홀하게 읊조리는 듯한 목소리.

　크레이터처럼 푹 파인 지면의 한가운데에서, 인간 형태의 괴물이 마치 상념에 사로잡힌 것처럼 창공을 우러러보고 있었다.

　상처 하나 없이.

『선천적으로 강력한 성령을 타고난 여러분. 그 힘이 중층적으로 뒤섞여 연주하는 합창은 이 얼마나 힘찬 음색인지. 나에게는 없었어요. 아무리 원해도 손에 넣을 수 없었던 선천적인 강한 힘. 동경합니다. 그러나…….』

　──당신들은 참으로 어리석구나.

　"윽?!"

　"……분명히 직격했을 텐데! 저렇게 멀쩡하다니?!"

　조아 가문 정예병들의 표정이 굳어졌다.

　쓰러뜨리지 못했다.

　이 괴물은 고통을 느끼기는커녕, 이만한 규모의 성령술을 단순히 「기분 좋은 음색」이라고 느끼고 있었다.

『이봐요, 조아 가문의 여러분.』

　절구처럼 생긴 크레이터의 저 깊은 안쪽에서.

괴물이 비탈길을 따라 올라왔다. 크레이터 바깥에 서 있는 성령 부대가 공포에 질려 덜덜 떠는 모습을 즐기는 것처럼 한 발 한 발 천천히.

『날 때부터 운 좋게 강한 성령을 가졌고, 철이 들기 전부터 떠받들어지면서 소중하게 대접받았다. 그런 찬란한 인생을 살아온 당신들은 그야말로 자신이 선택받은 인간이라고 생각하면서 자만해왔을 테지요. 나는 그것이 마음에 안 들었어요.』

일리티아 루 네뷸리스 9세는 달랐다.

성령이 너무 약했다.

오직 그것 하나 때문에 일리티아는 태어난 순간부터 패배자가 되었다.

──여왕 실격.

왕궁에서도 황청에서도 일리티아에게 충성을 맹세하는 사람은 없었다. 여왕이 될 가능성이 없는 왕녀는 가치가 없기 때문이다.

언제나 고독했었다.

『조아도 히드라도 루도 다 마찬가지야. 자기들이야말로 황청을 번영시킨 공로자이며, 자기들이 성령술사의 낙원을 지켜왔다고 생각하는 거지. 하지만 그것은 크나큰 착각이야.』

시조의 혈맥은 교만했다.

그 황청이라는 나라를 「**모든** 성령술사의 낙원」이라고 부른다면, 어째서 일리티아처럼 왕가에서 쓸모없는 인간으로서 따돌림을 당하는 패배자가 존재한단 말인가.

──제국한테 배척을 당하고.

──황청에서는 쓸모없는 인간이라고 무시를 당한다.

약한 성령술사의 안식처는 도대체 어디 있단 말인가.

『내가 창조할 겁니다. 제국도 황청도 아닌, 정말로 따뜻한 성령술사의 낙원을.』

"그런 괴물 같은 꼴로?"

냉소.

조아 가문의 선두에 선 가면 경이 검은 머리 소녀의 오른손을 꽉 잡았다.

"인간은 인간을 따르는 법이지. 왕녀였던 시절의 자네라면 또 몰라도, 지금의 자네에게 마음이 끌리는 인간은 없을 거야. 자, 키싱."

"……윽……!"

키싱 조아 네뷸리스가 고개를 들었다.

성문이 깃든 신비로운 눈동자로, 거기 서 있는 진정한 「마녀」를 쏘아봤다.

"나는…… 당신이, 무서워………. 하지만……."

『어머나, 키싱 양. 어엿한 인간으로서 자기주장을 할 수 있게 되었구나? 내가 처음 만났을 때보다 훨씬 더 성장했어.』

"마녀의 목소리에 귀 기울이지 마라. 네 곁에는 내가 있으니까."

"네, 숙부님!"

순혈종 키싱 조아 네뷸리스가 소리쳤다.

드레스가 크게 펄럭거릴 정도로 힘차게 양팔을 벌리더니 하늘을 우러러봤다.

　"사라져라, 괴물——!"

　삐걱. 공간이 뒤틀리는 소리가 났다.

　그리고 국경 검문소의 하늘을 뒤덮을 정도로 수많은 까만 「가시」가 그곳에 구현되었다.

　——가시의 행진 『삼라만소(森羅萬消)』.

　수십만 개나 되는 성령의 가시.

　그것이 쏟아져 내리면, 국경 검문소를 시설이든 뭐든 통째로 분해해서 소멸시킬 것이다. 그런 가시들이 전후좌우의 모든 방향에서 일리티아를 포위하는 것처럼 쫙 펼쳐졌다.

　그리고 일제히 날아가 박혔다.

　『——!』

　검은 괴물이 비명을 질렀고…….

　그 직후에는 그런 비명조차도 가시에 의해 삭제되어 소멸했다. 처음부터 아무것도 존재하지 않았던 것처럼.

　"사, 사라졌나?"

　"……키싱 님의 가시에 의해 소거된 거야."

　멍하니 서 있는 부하들.

　그런 그들 앞에서 가면 경은 소녀의 머리를 다정하게 쓰다듬어 줬다.

　"키싱, 잘했어. 의외로 쉽게 끝났구나. 겉모습이 괴물로 변했어도, 이렇게 소멸시키면 도저히 버틸 수 없지."

"…………그, 그렇죠……. 숙부님."

한편 키싱은 어깨를 들썩이면서 거칠게 숨을 쉬고 있었다.

가장 빠른 최강의 공격.

상대는 무슨 짓을 할지 모르는 괴물이었다. 그래서 회피도 방어도 할 수 없도록, 자신이 가진 힘을 최대한 발휘했다.

"…………저, 정말로, 해치운 건가요……?"

"그래. 저기를 보렴. 그 추한 괴물은 이미 어디에도 없어. 음, 그래. 일리티아 군이 이런 최후를 맞이하는 것은 나도 원하진 않았어. 하지만 그대로 괴물로서 살아가는 것보다는, 차라리 편히 잠들게 해주는 것이 자비로운 행동일 테지."

짝, 짝. 부하들에게서 작은 박수 소리가 나왔다.

그것은 키싱의 승리를 칭송하는 것일까, 아니면 괴물로 변한 왕녀에게 보내는 최소한의 마지막 선물인 걸까.

"뒷맛이 좋지 않은 싸움이었어. 뭐, 어쨌든……."

가면 경이 손을 들었다.

박수는 그만 쳐라. 그런 의도를 파악한 부하들이 손을 멈췄는데, 아직도 박수를 그만두지 않은 누군가가 손뼉을 치고 있었다.

"그 정도면 됐어."

짝, 짝.

"그만하라고 했다. 뭐야, 대체 누구냐?"

가면 경이 뒤를 돌아봤다.

거기서 박수를 계속 치고 있는 부하는 없었다.

"?!"

박수를 치는 사람이 없다.

그러나 이 광장에서는 지금도 짝짝 하고 박수 치는 소리가 울려 퍼지고 있었다.

"……서, 설마?!"

『너무해. 키싱 양. 많이 아팠거든?』

허공에서 검은빛이 분출됐다.

볼텍스와도 비슷한 분출에 의해 시커먼 기류가 소용돌이치더니, 빙글빙글 하나로 응축되면서 점차 인간 형태의 윤곽을 그려 냈다.

"……말도 안 돼."

가면 경의 뺨을 타고 흐르는 땀. 부활한 시조 앞에서도 무너지지 않았던 평정심이 지금은 미증유의 공포에 덥석 삼켜지고 있었다.

그것은 검은 머리 소녀도 마찬가지였다.

"……아…… 으…………말, …………거짓말이지…………?"

『어머, 미안해. 키싱 양. 그렇게 겁먹은 눈으로 나를 쳐다보다니. 그런 시선에는 익숙하지 않아서 나도 마음이 불편하구나.』

웃고 있었다.

말로는 그렇게 사과하면서도 괴물의 목소리는 즐거운 것처럼 들떠 있었다.

『그런데 마녀는 원래 무서운 존재이니까. 지금의 내가 옳은 거겠지?』

　그 순간, 조그맣게.

　까맣고 투명한 괴물의 목에 해당하는 부분에 빛이 생겨났다.

　그것은——.

　일리티아가 아직 인간이었던 시절에「음성」의 성문이 있던 장소였다.

『내 성령은「음성」. 타인의 음성을 흉내 내는 것밖에 못 하는 능력. 전투에도 정치에도 이용할 수 없고. 기껏해야 장기자랑에나 쓸 수 있는 쓸모없는 힘**이었습니다.**』

　괴물이 하늘을 우러러봤다.

　마치 무대에 오른 오페라 가수처럼.

『이 힘을 손에 넣고, 이런 모습이 되고 나서는. 나도, 또 내 성령도 다시 태어났습니다. 별의 종말의 노래를 자아내는 성가(星歌)의 성령으로.』

「음성」은「노래」로 승화되었다.

　신성변이(神星變異).

　일리티아 왕녀를 바꿔놓은 재액은, 그 몸에 깃든 성령도 변이

시켰다.

『세계 최후의 마녀의 노래(주문).』

진짜 마녀가 자아내는.

세계를 변모시킬 재액의 주문.

──『별의 레퀴엠(진혼가)을 들려줄게.』

Chapter.3

『 대 적 (大 敵) 』

the War ends the world /
raises the world

1

제도, 지하 5,000m.

100년 전 「별의 배꼽」이라고 불렸던 지하 채굴장 대신에 현재는 제국의 최고 권력 기관인 제국 의회가 존재하고 있었다.

엘리베이터를 내려서 한 발 밖으로 나오면, 수백 개의 의원석이 깔린 장엄한 홀이 나온다.

이스카는 물론이고 다른 사람들도 모두 다 그렇게 생각하고 찾아왔는데——.

그곳은 텅 비어 있었다.

붕괴된 천장.

벽에는 로켓포의 공격이라도 당한 것처럼 큰 구멍이 뻥 뚫려 있었고, 바닥에는 팔대사도의 모니터가 처참하게 박살 나 흩어져 있었다.

그런데 가장 놀라운 것은.

"히익?!"

그것을 보자마자 시스벨이 날카로운 소리를 냈다.

그 옆에 서 있는 미스미스와 네네는 경악한 나머지 잠시 숨을 멈췄고, 뒤쪽에 있는 진조차도 꺼림칙하다는 듯이 눈을 가늘게 떴다.

"……이봐. 이게 무슨 황당한 일이야?"

진이 혀를 차면서 말했다.

그가 쳐다본 것은 벽의 정면이었다. 잔해들이 지저분하게 흩어져 있는 그곳에는 거의 원형을 알아볼 수 없을 정도로 찌그러진 은색 기계 병사가 쓰러져 있었다.

"이스카, 이 무식하게 커다란 것은……."

"거성병일 거야. 루크레제우스가 탑승했던 그 기체와 똑같아."

그런 기계가 또 하나.

단, 이쪽은 형체도 안 남을 정도로 파괴되어 있었다.

천장 붕괴 사고에 휘말린 건가?

아니다. 그 정도로는 도저히 설명이 안 될 만큼 그것은 철저하고도 무자비하게 파괴되어 있었다. 게다가 또 신경 쓰이는 것이 하나 더 있었다.

"……어디 있지?"

폐허가 된 회의장 홀을 둘러봤다.

조명이라고는 엘리베이터에서 흘러나오는 희미한 빛밖에 없었다. 그 상황에서 눈을 부릅뜨고 있는데, 시스벨이 그런 이스카를 쳐다보더니 의아하다는 듯이 다가왔다.

"이스카? 아까부터 뭘 찾는 거예요?"

"팔대사도."

"네?"

"팔대사도의 모니터가 모조리 박살 나 있잖아. 거성병이 이 정도로 철저하게 부서졌고, 또 회의장이 이렇게 폐허가 된 것을 보면……."

주르륵 하고 땀이 뺨을 타고 흘러내렸다.

설마.

뇌리에 떠오른 가능성은 단 하나뿐이었다. 하지만 설마, 그런 일이 벌어질 수 있을까?

──팔대사도가 패배했다.

이 회의장에서 뭔가와 싸운 것이다.

거성병이 그것을 시사하고 있었다. 그런데 이 거인을 이토록 처참하게 파괴할 수 있는 힘이 도대체 무엇인지, 이스카는 그리 쉽게 떠올리지는 못했다.

"……팔대사도의 능력으로도 감당할 수 없었던 건가."

툭 하고.

리샤의 입술에서 조그맣게 흘러나온 독백이 조용한 홀에 메아

리쳤다.

"이분들이 정말로 골치 아픈 괴물을 만들어냈네. 이 상황을 보니까 이미 **완성**된 것 같은데요. 폐하, 어쩌실래요?"

『그것 때문에 현장 검증을 하려는 거야.』

은색 수인이 휙 돌아보더니.

불그스름한 금빛 머리카락의 소녀를 눈빛으로 재촉했다.

『자, 이리 와. 시스벨 왕녀. 한 번 더 활약해줘.』

2

제국령, 제7 국경 검문소.

이제 와서 생각해보면──.

앨리스는 믿어야 했었다.

어젯밤에 밤하늘을 뒤덮은 먹구름을 보면서 감지했던 「재난의 징조」를.

"앨리스 님, 선발대의 보고입니다. 제7 국경 검문소의 상공에 있던 시조가 모습을 감췄다고 합니다……!"

"윽! 아아, 모처럼 여기까지 쫓아왔는데!"

국경 검문소.

이제 곧 게이트가 보이는 지점에서, 운전석에 있는 늙은 시종 슈바르츠가 귀에다 통신기를 대고 큰 소리로 말했다.

"제7 국경 검문소는 텅 비었다고 합니다. 민간인은 물론이고 제국군도 일찌감치 철수했습니다. 어떻게 할까요?"

"직진해줘."

뒷좌석에서 몸을 쑥 내밀었다.

"시조는 틀림없이 제도로 가고 있을 거야. 이 앞에 사람이 없다면 차라리 잘됐지. 이대로 우리도 제국으로 쉽게 들어갈 수 있어."

"네. 그런데 여기서 제도까지 가려면 하루 이상 걸립니다."

"……나도 알아."

허벅지 위에 손을 올려놓고 주먹을 꽉 쥐었다.

비행기와 열차를 이어서 타고, 또 자동차로 고속도로를 미친 듯이 달려서 드디어 제국에 도착했다. 그리하여 시조가 출현한 국경 검문소의 코앞까지 왔건만.

……결국 놓쳤구나.

……딱 30분만 더 빨리 왔으면 이 국경 검문소에서 시조를 잡을 수 있었을 텐데.

그러나 후회는 나중에 하자.

"슈바르츠! 제도에 잠입해 있는 첩보원에게 연락해. 지금 당장 제도를 떠나라고. 시조가 출현하면 당신들도 위험해진다고."

"네, 앨리스 님. 그런데 잠시만 기다려주십시오……."

"응?"

"……흠. 알았다."

통신기를 향해 고개를 끄덕이는 늙은 시종.

"방금 그 부대가 보고한 내용입니다. 이 제7 검문소의 안쪽에는 제8 국경 검문소가 있습니다. 아마도 조아 가문이 그곳을 통과했을 텐데요."

"응, 맞아. 그것도 다른 부대가 추적하고 있잖아?"

"연락이 끊겼습니다."

"응? 무슨 소리야. 조아 가문을 놓쳤다는 거야?"

"……아뇨."

운전석에 있는 노인이 무겁게 고개를 좌우로 흔들었다.

"제8 국경 검문소에 있던 우리의 다른 부대가 몇 분 전부터 응답하지 않는다고 합니다. 단순히 통신기가 고장 난 거라면 다행이겠지만……."

"조아 가문에게 들킨 건가?"

"사라진 시조가 제7에서 제8 국경 검문소로 이동했을 가능성도 있습니다. 제도보다도 먼저 국경을 일일이 붕괴시키려는 계획일 수도……."

"───."

안 좋은 예감이 들었다.

어젯밤에 느꼈던 「불길함」을 앨리스가 기억해낸 것은 바로 그때였다.

"방향을 바꾸자, 슈바르츠. 제8 국경 검문소는 여기서 가깝잖아? 당장 그쪽으로 가!"

"알겠습니다."

고속도로 왼쪽으로 향했다.

제7이 아니라, 부하의 연락이 끊겨버린 제8 국경 검문소로.

그곳에서——.

앨리스가 목격한 것은, 아무도 없는 검문소였다.

"……?!"

제 눈을 의심했다.

민간인이 없는 것은 이해가 갔다. 시조의 습격이 무서워서 도망간 것이리라.

그러나 제국군은 어디로 갔단 말인가?

철책 게이트는 활짝 열려 있었다. 경비를 하는 제국 병사가 없었다. 유일하게 성령 에너지를 감지하는 경보만 요란하게 울리고 있었다.

"슈바르츠, 당신은 여기서 대기해. 통신을 부탁할게."

앨리스는 늙은 시종을 차 안에 남겨두고 밖으로 뛰쳐나왔다.

제8 국경 검문소를 홀로 성큼성큼 걸어갔다.

그런데 참 기묘하게도, 아무리 걸어가도 싸움의 흔적은 발견하지 못했다.

……조아 가문이 이곳을 지나갔을 것이다.

……가면 경과 키싱이 있었다면, 제국군과 싸워도 이상하지는 않을 텐데.

항쟁의 흔적이 없었다.

제국군과 조아 가문의 정예 부대가 충돌했다면, 총탄이 여기저기 떨어져 있거나 성령술의 흔적이 남아 있어야 하는데.

마음속에 끓어오르는 의문과 위화감.

그 모든 것이──.

바닥에 쓰러진 수십 명이나 되는 희생자들을 본 순간 폭발했다.

제국군과 성령 부대가 전멸했다.

총을 겨누는 자세로 쓰러진 제국 병사.

뭔가를 향해 성령술을 발동시키려고 손을 내밀었다가 그대로 쓰러져버린 듯한 성령 부대.

제국, 황청 구별 없이──.

모든 것이 평등하게, 잔혹하게 괴멸되었다.

"가면 경?!"

쓰러져 있는 무수한 사람 중에 가면 쓴 남자가 있었다.

조아 가문의 당주 대리인이었다.

"가면 경?! 일어나세요, 대체 무슨 일이⋯⋯?!"

다친 곳은 없었다.

그런데도, 아무리 이름을 부르면서 뺨을 탁탁 때려도 그는 눈을 뜨지 않았다.

혼수상태?

아니면 극도로 쇠약해진 건가?

"⋯⋯가면 경까지 이렇게 되다니⋯⋯ 말도 안 돼⋯⋯⋯⋯."

비정상이라는 말밖에 안 나왔다.

제국군도 성령 부대도 누구 하나 다치지는 않았다. 마치 전원이 깨지 않는 꿈속에 갇혀버린 것처럼 전멸해버렸다.

시조는 아니다. 시조의 대규모 파괴와는 완전히 정반대인──.

『어머나. 누구인가 했더니.』

오싹.

아무도 없어야 할 뒤편에서 목소리가 들려왔다.

마치 목덜미 안쪽으로 얼음덩어리가 들어온 듯한 오한. 앨리스는 용수철 튕기듯이 빠르게 뒤를 돌아봤다.

그곳에는──.

새카맣고 투명한 육체를 지닌 인간 형태의 괴물이 서 있었다.

"흡?!"

목구멍이 확 좁아지면서 소리가 거의 안 나는 비명이 흘러나왔다.

뭐지? 뭐야, 이 괴물은.

『앨리스잖아? 너도 제국에 와 있었구나. 시스벨을 구하러 온 거니?』

"……………………어?"

『너무하네. 지금 나를 보고 비명을 지른 거, 맞지?』

괴물이 뺨에 손을 댔다.

마치 우아하게 미소 짓는 여성처럼 보이는 그 동작과, 자신에게 말을 거는 말투.

어떻게 내 이름을 아는 거지?

게다가 그 태도가 친근했다. 목소리가 이중, 삼중으로 울리는 바람에 똑똑히 알아듣기는 어려웠지만, 말투 자체는 온화하고 심지어 품격도 느껴졌다.

어쩐지——.

어쩐지 익숙한 그 목소리는.

"⋯⋯⋯⋯⋯⋯⋯⋯⋯⋯아냐⋯⋯ 그럴 리가⋯⋯."

그러고 보니.

앨리스는 이것과 비슷한 현상을 일으켰던 인간을 알고 있었다.

——마녀 비소와즈.

히드라 가문의 소녀가, 인간이 아닌 괴물의 모습으로 변모하여 이스카를 덮쳤다고 한다.

지금 앨리스의 뇌리에 떠오른 인물은.

"⋯⋯어⋯⋯ 언니⋯⋯?"

『후후. 정답이야.』

괴물이 점점 변모했다.

새까만 육체에 색깔이 더해지더니 여신처럼 아름다운 여성으로 변했고——.

크게 물결치는 머리카락은 금빛이 나는 에메랄드 색깔.

이목구비가 반듯한 외모는 아름다웠고. 당장이라도 흘러넘칠 것처럼 풍만한 가슴은 검은색 웨딩드레스 위로 드러나 있었다.

"…………."

피를 나눈 언니.

그 괴물의 정체를 알아챈 순간 말문이 막혀버렸다. 온몸에서 피가 싹 빠지는 것을 느꼈다. 이곳에 혹시 거울이 있다면, 아마 앨리스의 입술은 새파랗게 질려 있었을 것이다.

그에 반해——.

"있잖아, 앨리스."

언니의 눈빛은 기분 나쁠 정도로 다정했다.

"난 말이지. 우습다고 생각해. 나 같으면 당장 도망쳤을 텐데. 그들은 달랐어."

언니가 고개를 돌렸다.

그 시선의 끝에는 쓰러진 제국군과 성령 부대가 있었다.

가면 경도 거기 있었다.

"나를 이기지 못한다는 사실은 그들도 틀림없이 알고 있었을 거야. 하지만 그들은 몰랐어. 제국군도 성령 부대도 다 똑같아. 언제나 강자로서 먹잇감을 사냥하는 입장이었기 때문에, 도망치는 것을 경험해보지 못했던 거야. 그래서 아무도 도망치지 않았어."

지평선 끝까지 겹겹이.

눈을 뜰 기미도 없이 의식을 잃어버린 자들이 쓰러져 있었다.

"허무하기도 하지. 자신에게 주어진 무기와 타고난 성령만 믿고 해이해진 인간은, 이토록 약했던 거야."

"……언니가 이렇게 한 거예요? 이 사람들을?"

생긋.

언니가 만면에 미소를 지었다.

"응, 방해됐거든."

"!"

그 한마디가──.

앨리스가 17년 동안 그려왔던 「언니란 존재」의 이미지를 완벽하게 깨뜨렸다.

눈앞에 있는 것은 언니.

그러나 자신이 아는 언니의 마음속에는 그야말로 진짜 괴물이 숨어 있었던 것이다.

"언니……."

떨리는 입술을 움직여 필사적으로 말을 쥐어 짜냈다.

"……언니는…… 도대체 무엇을 하고 싶은 거죠? 왕가의 동료를 방해물처럼 취급하고, 제국군뿐만 아니라 가면 경까지 끌어들여서……."

"저기, 앨리스."

그렇게 대꾸하는 언니의 눈빛은 다정했다.

"그동안 성령을 지닌 자들은 성령술사라고 불려왔잖아? 성령술사는 제국 사람들에게 위험한 존재로 취급당하고. 그런 성령술사들을 구원하겠다고 나서서 받아준 것이 네뷸리스 황청.『모든 성령술사의 낙원』이라고 찬양을 받아왔지."

"대체 무슨 이야기를……."

"다 거짓말이야."

언니의 눈은 웃고 있었다.

자애로운 웃음은 아니었다.

그것은 구제 불능일 정도로 어리석은 자에 대한 냉소였다.

"네뷸리스 황청이라는 나라는 성령지상주의. 강한 성령을 지닌 사람이 대두되고, 그렇지 않은 사람은 무대에 올라가는 것조차 허락받지 못해. 성령술사를 특별하게 여긴다는 의미에서는 제국보다도 더 심하지."

"……네?! 언니, 도대체 무슨 말을 하는 거예요?!"

창백해진 입술로 앨리스는 온 힘을 다해 외쳤다.

"무, 물론, 그런 측면은 있을지도 모르지만. 강한 성령술사가 중요시되는 것은 국가 방위를 위해서입니다. 그렇게 하지 않으면 제국에 대항할 수 없으니까……."

"여왕도?"

"여왕도 그렇습니다! 강한 성령이 없으면, 제국의 자객과 맞서 싸울 수 없어요!"

확고한 이유가 있었다.

100년이 넘는 세월 동안 콘클라베(여왕 성별 의식)를 통해 강한 왕녀가 선택을 받아온 이유가 있는 것이다.

"어마마마도 그렇게 말씀하셨잖아요. 국민을 안심시키는 것이 여왕의 책무라고. 그것이 전부라고 할 수는 없지만, 강한 성령이라는 것은 여왕에게 요구되는 소양 중 하나입니다!"

"제국에 대항하기 위해서?"

"네!"

"그럼 제국을 쓰러뜨린 후에는?"

"네……?"

"앨리스, 네 주장은 옳아. 적어도『제국을 쓰러뜨리기 전』까지는 충분히 대의명분이 될 수 있어."

언니의 시선이 이쪽을 향했다.

"그럼 제국 타도에 성공한 다음에는? 나처럼 성령술사로서 약한 인간이 제대로 인정받는 세상이 될까?"

"그, 그건…….

"아니겠지."

언니의 입술에서 탄식이 흘러나왔다.

마치 이 세상의 모든 것에 절망한 것처럼 깊디깊은 달관의 태도를 보이면서.

"생각을 해봐, 안 그래? 제국을 타도한다면 그것은 강한 성령술사 덕분이잖아? 그럼 또 강한 성령술사가 한층 더 떠받들리는 시대가 시작될 뿐이지. 약한 성령술사는 더더욱 입지가 좁아질 거야."

"……!"

"알았어? 제국을 타도해봤자 네뷸리스 황청의 성령지상주의는 오히려 가속화되기만 할 거야. 타고난 강한 성령을 내세워서 제국을 격파하고, 강한 여왕이 칭송을 받는다. 결국 아무것도 달라지지 않아."

"하, 하지만……!"

"그래서 결심한 거야."

언니가 자신의 풍만한 가슴에 손을 대면서 말했다.

"제국도 황청도 다 부숴버리겠다고."

그 한마디에.

앨리스는 이번에야말로 할 말을 잃었다.

"언니……."

"나처럼 약한 성령술사는 이 세상에 많이 있어. 그런 사람들이 제대로 인정받는 낙원을 만들 거야. 그것은 앨리스, 너 같은 강자는 실현할 수 없는 것…… 아니…… 오히려 방해돼. 그러니까 사라져줬으면 좋겠어."

"!"

"너도 가면 경과 똑같이 해줄까?"

앨리스는 너무 늦게 눈치챘다.

온화한 언니의 미소가──.

사냥감을 눈앞에 둔 포식자의 웃음이란 것을. 그리고 언니는 자신을 해치는 것조차도 전혀 주저하지 않을 것이다.

반사적으로 앨리스는 전투태세를 취하려고 했는데──.

"에이~ 아냐, 관둘래."

갑작스러웠다.

언니가 돌연 어깨를 으쓱하더니 장난스럽게 그런 말을 한 것이다.

"넌 귀여운 동생이니까."

"……뭐?"

"가능한 한 다정하게, 들꽃을 따는 것처럼 즐겁게 놀아주고 싶어. 하지만 너는 강하잖아. 네가 어중간하게 반항하면 곤란하거든. 지금의 나는 힘 조절을 제대로 못 해서 망가뜨릴 것 같아."

"————언니!"

그 순간, 온몸의 공포가 싹 사라졌다.

무시당한 것이다.

그런 순수한 굴욕을 맛보자, 온몸의 피가 확 끓어오를 정도로 뜨거워졌다.

"적당히 해! 설령 우리 언니여도, 계속 그렇게 적대적인 태도를 취하면 나는 용서하지 않을 거야!"

"있잖아, 앨리스."

목이 터져라 크게 소리를 지른 앨리스에게——.

언니는 그저 담담하게 말했다.

"너에게는 너를 지켜줄 기사가 있니?"

"?"

"한계에 다다른 거야. 자, 봐. 지금도."

언니가 이쪽을 손가락으로 가리켰다.

홀로 서 있는 앨리스를.

"넌 계속 혼자 싸워왔어. 그렇게 싸울 수 있었지. 하지만 지금 너는 자기보다 훨씬 더 강한 존재와 맞닥뜨렸어."

"……그건, 직접 해보기 전에는 모르는 거잖아요!"

"그런 뜻이 아니야."

언니가 고개를 옆으로 흔들었다.

"이것은 마녀와 기사의 이야기야."

"무슨……."

의미를 알 수 없었다.

언니는 무슨 이야기를 하는 걸까.

기사? 뭐야? 그 고전적인 개념은.

지금은 군인이나 사병이나 경호관의 시대이다. 그런 시대착오적인 단어가 언니의 입에서 튀어나왔다는 것 자체에 앨리스는 저절로 의심을 품었다.

혹시 나를 현혹하려는 화술이 아닐까?

그렇게 경계하고 싶어질 정도로 언니의 이야기는 너무 뜬금없게 느껴졌다.

그러나.

"후후. 너는 아직 어려서 이해하지 못하려나. 어른의 이야기니까."

언니는 기분이 고양되어 있었다.

흥분을 숨기지도 않고 볼을 붉히더니, 수줍은 듯이 그 뺨에 손을 대면서 말했다.

"나에게는 필요했어. 나는 무척 약했기 때문에."

"……?"

"마녀는 약한 생물이니까, 지켜주는 기사가 없으면 싸우지 못해. 그래. 언제 어느 시대에나 『기사』란 것은 공주님을 지켜주는 상징이야."

"……저, 언니?"

"앨리스, 성령은 말이지, 네가 생각하는 것만큼 만능은 아니야. 실제로 지금 너의 성령은 나를 두려워해서 자동 방어 기능조차 위축되어 있어. 그러니까, 이거 봐."

"네?"

"요하임, 살살 해줘."

기척은 없었다.

소리 없이 몰래 다가온 누군가. 그것을 눈치챈 앨리스가 허둥지둥 그쪽을 돌아보려고 한 순간.

──콱.

옆구리에서 격통이 느껴졌다.

칼자루로 옆구리를 찔린 것이다. 공격당한 걸 깨달았을 때는, 이미 내장까지 가해진 고통과 충격에 의해 정신이 아득해져 있었다. 앨리스는 제자리에 털썩 주저앉았다.

"윽! ……크……억…………?"

지독한 격통 때문에 숨을 쉴 수 없었다.

맹렬한 구토감과 현기증으로 인해 제대로 위를 쳐다보지도 못하고 바닥에 무릎을 꿇었다.

"…………누…… 누, 구…………?!"

눈을 부릅떴다.

무릎을 꿇고 쿨럭쿨럭 기침하면서, 앨리스가 흐려진 시야 속에서 위를 쳐다봤더니——.

대검을 손에 든 주홍 머리 제국 병사가 있었다.

사도성 제1위, 「순」의 기사 요하임.

못 알아볼 리 없었다.

여왕궁을 습격해서 자신의 어머니인 여왕을 베었던 극악무도한 인간.

게다가 그는 일리티아를 베었던 남자이기도 한데, 그것은 다름 아닌 언니가 꾸민 책략이었다는 것도 앨리스는 알고 있었다.

……그래. 그랬지.

……그때 제국군을 불러들인 것도 언니와 당신의 소행이었으니까.

그 사건을 계기로 황청은 격변했다.

이 남자의 칼에 베인 여왕은 어쩔 수 없이 요양하게 되면서 구심력을 잃었다. 그로 인해 결정적으로 3대 왕가가 분열되고 말았다.

용서할 수 없었다.

이 남자만 없었으면.

"으…… 크윽…………!"

"거봐, 안 그래? 마녀는 약하다니까."

언니가 살짝 쓴웃음을 지었다.

그리고 빙글 돌아 앨리스에게 등을 보이더니 요하임 곁으로 걸어갔다.

"이것이 우리의 차이야. 내 곁에는 기사가 있어. 앨리스, 너는 어때? **네 곁에서 싸워줄 기사가 있니?**"

"……!"

"없잖아. 너는 너무 강했어. 계속 혼자 싸웠어. 그러니까 네 곁에는 기사가 없어. 그것이 나를 이기지 못하는 이유야."

"…………언……니……!"

"그리고 마음이 바뀌었어. 네가 괴로워하는 모습이 너무 불쌍하니까."

마녀가 뺨에 홍조를 띠면서 말했다.

"앨리스, 역시 여기서 사라지렴."

3

지하 5,000m.

불과 한 시간 전까지 제국 의회가 존재했던 공동(空洞)에서———.

"영원히 안녕, 구시대의 대역죄인들."

"『별의 배꼽』과, 권력의 증거인 제국 의회. 모두 다 한꺼번에 궤멸한다면 당신들도 만족할 테지?"

쏟아지는 돌덩이들.

팔대사도가 빙의했던 모니터들이 제국 의회의 붕괴에 휘말려 소멸했다.

그 사건을 재현하고 나서.

"헉…… 허윽…… 아………… 도, 도대체, 한 번에 얼마나 내 성령을 혹사시키려는 건가요?! 이제는 나도 한계라고요!"

시스벨이 기진맥진하여 주저앉았다.

그와 동시에 가슴에서 빛나던 「등불」의 성문이 순식간에 빛을 잃었다.

"나의 등불로 장시간 재현을 하는 것은…… 헉…… 휴…… 내내 숨을 참고 있는 거나 마찬가지라서, 정말로 한도가 있거든요?!"

그러면서 거칠어진 숨을 필사적으로 고르더니.

이스카 일행이 지켜보는 가운데 황청의 제3 왕녀는 문득 심각한 표정을 지었다.

"……일리티아 언니……."

사라져버릴 것처럼 희미한 그 목소리는.

억누를 수 없는 오열과, 아직도 현실을 잘 받아들이지 못하는 망연자실함이 뒤섞여 혼탁해져 있었다.

마녀 일리티아.

등불이 재현한 영상 속에서——.

여신 같은 미모의 왕녀가 괴물로 변해버리는 순간은 이스카조차도 동요하게 할 정도였다. 그러니 피를 나눈 친동생이 충격을 받는 것도 당연했다.

"전에도 이런 일이 있었지."

진이 중얼거렸다.

"히드라 가문의 비소와즈라고 했나? 그 녀석도 인간이 아닌 모습으로 변신해서 덮쳐왔잖아. 그것과 동류인가."

"어이쿠, 진진. 그런 식으로 이해하면 위험해."

"……뭐?"

"동류인 것은 사실이야. 팔대사도의 명령을 받은 미친 과학자의 실험에 의해 저렇게 되었다는 의미에서는 정답이지. 단, 일리티아는 유일한 예외야. 그것은 태어나면 안 되는 거였어."

리샤가 안경 코걸이를 밀어 올렸다.

렌즈 안쪽에서 영리해 보이는 두 눈이 바늘같이 날카로워졌다.

"결국 팔대사도도 제어하지 못했는데. 어떻게 하실래요? 폐하. 저것을 제압하려면 아무래도 고생을 많이 해야겠는데요?"

『……어휴. 정말 진심으로 원망할 거야. 팔대사도.』

은색 수인이 질렸다는 듯이 탄식했다.

『자기들도 감당하지 못하는 괴물을 제멋대로 만들어놓고 무대에서 퇴장하다니. 어쩔 수 없네……. **완벽하게 진화하기 전에 추적해볼까. 자, 너도 알았지? 흑강의 후계자.**』

"!"

천제의 옆얼굴.

성검을 바라보는 시선을 눈치챈 이스카는 즉시 숨을 들이켰다.

"……그 여자를, 막으라고요?"

『그것은 더 이상 그 여자도 아니고, 왕녀도 아니야. 내버려 두면 제국과 황청이 한꺼번에 멸망할 거야. 그런 차원으로 진화할 수 있는 괴물이거든.』

"자, 잠깐만요!"

주저앉아 있던 시스벨이 소리를 질렀다.

린의 도움을 받아 비틀거리면서도 몸을 일으켰다.

"……언니를 막으러 가는 거죠?"

『그것은 이미 너의 언니가 아니야. 세계를 멸망시키는 마녀야.』

"언니예요!"

천제를 노려보면서 시스벨이 입술을 꽉 깨물었다.

"……어떤 모습으로 변하더라도 언니는 언니예요. 저에게 대화할 기회를 주세요."

『대화? 그래봤자 슬픈 결과만 나올 텐데.』

"그래도 갈 거예요!"

『그럼 그렇게 해.』

"……네? 괜찮아요?"

『그 마녀에게 인정이란 것이 남아 있을 거라고는 생각하지 않지만, 0.01%라도 회유에 성공할 여지가 있다면 한번 시도해봐야지. 단, 실패해서 괴로워하는 것은 멜른이 아니야. 너야. 시스벨 왕녀. 각오해둬.』

딱! 하고.

천제 융메룽겐이 손가락을 튕겼다.

『별의 방위 기구「퍼지」.』

새하얀 색.

일종의 페인트로 칠해버린 것 같은 굼실굼실 꿈틀거리는 벽이, 이스카 일행을 에워싸는 형태로 허공에서 출현했다.

"히익?!"

"자, 잠깐만, 이 기분 나쁜 것은 뭐야?! 움직이는 벽?!"

네네가 펄쩍 뒤로 뛰었고, 미스미스 대장이 파랗게 질렸다.

그 등 뒤에서는 린이 "위험해요!" 하고 시스벨을 끌어안았다. 그렇게 세 사람의 각각 다른 반응을 곁눈질로 힐끔 보더니──.

『100년 전 멜른에게 들러붙은 성령은 별의 방위기구를 담당하는 녀석이야. 인간의 경우에는 백혈구라든가 뭐 그런 면역 시스템 같은 거지. 이게 참 난감하게도, **별을 지키기 위해서**라는 명목이 있어야지만 내 말을 들어주거든.』

천제가 지휘자처럼 손가락을 휘둘렀다.

『들리는가, 성령들. 저 마녀와 싸워줄 테니까 잔향을 추적해줘.

멜른과 친구들을 그곳으로 데려가줘.』

　　그렇게 되리라.
　　──*Is io miel.*──

　남성인지, 여성인지.
　아이인지, 어른인지.
　모든 면에서 중성적인 목소리가 그렇게 이스카 일행을 에워싼
벽에서 들려오더니, 눈앞의 풍경이 한순간 크게 흔들렸다.
　돌연 졸음이 쏟아지는 것처럼 의식을 잃을 뻔했는데————.

　제8 국경 검문소.

　정신을 차렸을 때는 눈앞에 철책으로 둘러싸인 검문소 부지가
펼쳐져 있었다.
　"설마 여기는 국경인가요?! 우리가 여기로 날아왔다는 것은,
일리티아 언니가 이곳에 있다는……!"
　"제도에서 수백 킬로미터나 떨어진 국경으로 단번에 날아오다
니. 어마어마한 능력이군."
　주위를 둘러보는 시스벨과, 그 옆에서 기막히다는 말투로 말하
는 린.
　그런데 린의 표정이 즉시 굳어졌다.

──경보.

검문소의 성령 에너지 검출기가 자신을 적발했다. 그렇게 해석해서 반사적으로 방어태세를 취했을 텐데.

"잠깐, 뭐가 어떻게 된 거지?"

린이 수상하다는 듯이 눈을 가늘게 떴다.

"경보가 이렇게 시끄럽게 울리고 있는데도 어째서 제국 병사가 나타나지 않는 거야? 이봐, 제국 검사?"

"……나도 몰라. 정말 이상하네."

사람이 없었다.

민간인은커녕 제국 병사 한 명도 눈에 띄지 않았다. 그런데 검문소 게이트는 활짝 열려 있었다. 제국의 방위 거점이라는 게 믿어지지 않을 정도였다.

"미스미스 대장님, 우리가 이 안에………… 윽!"

검문소의 광장.

그 광장 안쪽에서 희미한 「사람 그림자」를 본 순간, 이스카는 놀라서 숨을 들이켰다.

"린, 시스벨은 너한테 맡길게. 여기서 기다려!"

"뭐? ……이, 이봐, 제국 검사?!"

광장을 향해 뛰어갔다.

그곳에 모여 있는 무수한 「사람 그림자」가 서서히 선명해지자, 바로 뒤에서 뛰어오던 미스미스 대장이 목 졸린 듯한 소리를 냈다.

"……저게 뭐야?!"

땅바닥에 쓰러진 수십 명이나 되는 사람들. 제국군과 성령 부대가 뒤섞여 있었다.

총을 겨누는 자세로 쓰러진 제국 병사.

뭔가를 향해 성령술을 발동시키려고 손을 내밀었다가 그대로 쓰러진 듯한 성령 부대.

제국, 황청 구별 없이.

모든 사람이 무차별적으로 전멸했다. 그중에는――.

"아는 녀석이 있군."

진이 빠르게 걸어갔다.

그의 구두코가 한 남자의 가면에 부딪쳐 툭! 소리가 났다.

가면 경.

조아 가문의 순혈종까지 쓰러져 있는 이 현실 앞에서는, 진도 의문을 느끼는 말투였다.

"이 녀석이 있다는 것은, 여기 쓰러져 있는 녀석들은 조아 가문의 성령 부대인가? 여기서 제국군과 싸우다가 둘 다 쓰러진…… 건가?"

"하, 하지만, 진 오빠. 싸운 흔적이 없는데?!"

네네가 조심스럽게 성령 부대 중 한 명에게 다가갔다.

엎드린 자세로 쓰러진 그 사람을 똑바로 눕혀 봐도, 온몸의 어디에도 다친 곳은 없었다. 제국군과 격돌해서 쓰러졌다면 총상이 남아 있을 것이다. 그렇다면――.

"싸우지 않은 건가?"

그렇게 중얼거리면서도 이스카 본인도 아직 확신은 하지 못했다.

……우리는 일리티아를 쫓아왔다.

……그럼 이 무차별 괴멸이 일리티아의 소행이란 말인가?!

팔대사도를 소멸시키고.

이어서 제국군과 성령 부대까지 괴멸시키다니. 도대체 무슨 목적으로——.

"이스카 군!"

미스미스가 소리를 질렀다.

총을 겨누는 대장이 바라보는 방향에서 누군가가 걸어오고 있었다. 어려 보이는 검은 머리 소녀. 그 외모는 분명히 이스카가 본 적이 있었다.

"키싱?!"

"——————————."

검은 머리 소녀는 안대를 벗은 맨얼굴로 비틀거리면서 다가오고 있었다.

"물러서! 대장님, 네네, 둘 다…… 진!"

"알았어."

이스카가 성검을 꽉 쥐었고, 진이 저격총으로 상대를 겨냥했다.

소녀는 무반응이었다.

어째서일까?

뮈드르 협곡에서 싸웠을 때 보여줬던 그 무수한 가시를 전개하지 않았다. 그저 비틀비틀 불안한 발걸음으로 다가오더니——.

"……숙부님……."

무너지듯이 털썩 무릎을 꿇었다.

키싱은 의식 없는 가면 경을 온몸으로 뒤덮는 것처럼 그 자리에서 몸을 웅크렸다.

그렇다.

그녀의 눈에는 이스카 따위는 처음부터 보이지도 않았다.

"……안 돼…… 숙부님…… 눈을 떠요! …………제발…… 죄송해요, 죄송해요, 제가…… 제가, 약해서!"

검은 머리 소녀가 쓰러진 남자를 끌어안았다.

"제가 약했기 때문에…… **숙부님이 저를 감싸느라**…… 틀림없이 도망칠 수 있었을 텐데! 죄송해요…… 죄송해요, 숙부님!"

계속 우는 소녀.

무기를 든 제국 병사가 눈앞에 있는데도, 그 소녀는 가시를 펼치는 것조차 잊어버린 채 가까운 사람을 끌어안고서 울부짖고 있었다.

"쳇."

진이 혀를 차더니 총을 내렸다.

"보스도 총 내려. 지금 이 녀석한테는 우리는 보이지도 않아. 우리가 먼저 손을 대서 자극하는 것보다는, 당장은 그냥 놔두는 게 좋아. 나중에 붙잡자."

"으, 응. 나도 그게 좋겠다고――."

"언니?!"

"앨리스 님?!"

겹쳐지는 비명.

시스벨과 린의 비명이 연달아 들려온 것은 바로 그때였다.

가면 경과는 동떨어진 방향으로 두 사람이 달려갔다. 그들이 달려가는 곳에는 풍성한 금빛 머리카락을 흐트러뜨린 채 쓰러져 있는 소녀가 있었다.

——앨리스?!

쿵. 심장이 세게 뛰었다.

황청에 있어야 할 앨리스가 어째서 제국의 국경에……? 하지만 그런 의문은 뒤로 미뤄두자.

"뭐라고?!"

이스카는 저쪽으로 뛰어가는 린과 시스벨의 뒷모습을 반사적으로 눈으로 좇았다.

갑자기 식은땀이 났다.

광장에 쓰러져 있는 제국 병사들과 성령 부대는 원인 불명의 혼수상태에 빠져 있었다.

그들과 마찬가지로 쓰러져 있는 앨리스. 그럼 같은 증상이지 않을까? 하고 이스카는 생각했다.

……설마 그럴 리가.

……앨리스도 당했다고?!

"언니! 언니이!"

"앨리스 님, 제발 눈을 떠주세요, 앨리스 님!"

시스벨이 소리를 질렀고, 린이 마구 어깨를 흔들었다.

얼마나 그렇게 했을까.

정신없이 이름을 계속 부르는 두 사람의 눈앞에서, 금발 머리 소녀의 입술이 희미하게 움직였다.

"……으…… 윽."

"언니?! 린, 방금 언니의 입이……!"

"네! 앨리스 님, 괜찮으세요?!"

"…………으…… 쿨럭! ……쿨럭…………!"

금발 머리 왕녀가 심하게 기침을 했다.

한바탕 거칠게 숨을 들이마셨다 내쉬기를 반복한 뒤, 그 고운 속눈썹과 눈꺼풀이 천천히 위로 올라오기 시작했다.

"…………린…… 시스……벨……?"

앨리스가 눈을 떴다.

주위에 쓰러져 있는 제국 병사나 성령 부대와는 달랐다. 앨리스는 그중에서 유일하게 일시적으로 기절하기만 한 것 같았다.

"앨리스 님!"

감격에 겨운 린이 주인님을 와락 끌어안았다.

"걱정했어요. 이렇게 무사하셔서, 정말…… 아니, 대체 무슨 일이 있었던 겁니까!"

"그건━━━━앗!"

입을 열려고 하던 앨리스가 놀라서 눈을 크게 떴다.

상황을 파악한 것이다.

이곳은 제국의 국경 검문소. 그리고 린과 시스벨의 뒤에는———.

……이스카?

앨리스의 입술이.

소리 없이, 그러나 분명히 자신의 이름을 말하는 것을 보았다.

"……우리도 방금 달려왔어."

너무 가깝진 않은 거리.

철저히 제국 병사로서의 거리를 유지하면서, 이스카는 바닥에 주저앉아 있는 왕녀에게 말했다.

대화 자체는 문제없었다.

루 가문의 별장에서도, 또 시스벨 탈환 작전에서도 접점은 있었다. 적어도 제907부대에게는 자신과 앨리스가 대화를 나누는 것도 부자연스러워 보이지는 않을 것이다.

"도대체 여기서 무슨 일이 있었던 거야? 제국군뿐만 아니라, 여기까지 오는 동안에도 수십 명이나 되는 성령 부대 사람들이 쓰러져 있었어. 가면 경도. ……알지?"

"_____."

린과 시스벨이 지켜보는 가운데 앨리스는 말없이 입술을 깨물었다.

그 눈동자에 깃든 것은 비통함의 감정.

그것도 이스카가 제 눈을 의심할 정도로 나약한 모습이었다.

『일리티아. 맞지?』

인간이 아닌 목소리.

뒤쪽에서 은색 수인이 나타나자, 앨리스는 소리 없는 비명을 지르며 몸을 움츠렸다.

『오, 이건 좀 너무하잖아? 네뷸리스의 공주님. 지금 네 앞에 있는 것은 제국의 최고 권력자인데.』

"……당신이…… 천제라고?!"

『놀랄 필요는 없어. 왜냐하면 너는 멜른보다 더 끔찍한 것을 봤을 테니까. 친언니가 괴물이 된 모습을 목격했을 텐데, 안 그래?』

유유히 걸어오는 천제.

린과 시스벨 사이에 있는 앨리스를 가만히 들여다보듯이 관찰하더니.

『흐음?』

천제 융메룽겐은 눈을 가늘게 떴다.

왠지 그리움을 느끼는 것처럼.

『초대 여왕이랑 많이 닮았네. 판박이야.』

"……뭐?"

『어, 그건 그렇고. 시스벨 왕녀, 이번에도 부탁할게.』

"나, 나더러 또 하라고요?!"

시스벨이 손으로 자기 가슴을 가리는 시늉을 하면서 말했다.

"난 이미 지쳤어요! 하루의 발동 한계를 완전히 뛰어넘었다고요!"

『나중에 제국에서 최고로 맛있는 케이크 가게에 데려가 줄게.』

"필요 없어요! ……아, 아니, 케이크 가게는 싫지 않지만, 아무리 그래도 등불의 성령을 지나치게 혹사할 수는 없어요. 그 반동으로 며칠 동안은 쓸 수 없게 된다고요!"

『하지만 너도 궁금하잖아?』

천제가 양팔을 벌렸다.

제국 병사와 성령 부대가 전멸해버린 이 광장을 둘러보면서.

『여기서 무슨 일이 일어났는지. 십중팔구 일리티아의 폭주일 텐데, 그 괴물에게 어떤 능력이 있는지 미리 조사해둘 필요가 있어.』

"……정말로 이게 마지막이에요."

가슴에 손을 댄 시스벨이 크게 한숨을 내쉬었다.

"자, 해볼게요."

"──그만둬!"

절규에 가까운 비명.

쓰러진 가면 경을 껴안은 채, 검은 머리 소녀가 돌연 눈을 부릅떴다.

핏기가 가셔서 새파래진 얼굴이었다.

그것은 시스벨의 능력에 대한 "그만둬!"가 아니었다.

소녀가 두려워한 것은──.

"**온다.**"

허공에서 검은 기류가 뿜어져 나왔다.

"폭주라니, 터무니없는 말씀을 하시네요. 이건 틀림없이 내 의지예요."

기류가 소용돌이치면서 점점 응축되어.

인간 형태로 변했다.

여성 특유의 뚜렷한 굴곡을 보여주는 윤곽이 나타나더니, 이어서 여신 같은 미모의 여성이 등장했다.

"…………어……언니……?"

"시스벨, 오랜만이구나. 건강해 보여서 참 다행이야."

장녀가 차분한 미소를 지었다.

떨리는 목소리를 쥐어짜는 게 고작인 삼녀를 향해.

"히드라 가문에 잡혀갔다는 소식을 듣고 걱정했었어. 난폭한 짓을 당하지는 않았니?"

"………… ."

"왜 그래? 얼굴이 창백해졌네. 어디가 아프면 말해주지 않을래? 아, 그래. 혹시 여기가 제국이라 불안해진 거니?"

"————바보 취급하지 마세요!"

시스벨이 이를 드러내며 소리쳤다.

"언니는 동생을 너무 심하게 바보 취급을 하시네요. ……나는 다 알아요. 언니가 모든 음모의 주모자라는 것을. 제국군이 왕궁을 습격한 사건을 언니가 뒤에서 몰래 주도했던 것도. 내가 히드라 가문의 습격을 당한 것이 언니가 시킨 일이라는 것도!"

"…………."

"여기서 일어난 사건도 언니가 한 짓이잖아요?!"

부들부들.

장녀를 가리키는 손가락이 희미하게 떨리고 있었다.

"언니! 나는 언니를 이해할 수 없어요! 도대체 왜 이런…… 제국은 물론이고 황청까지 적으로 만드는 짓을 하는 겁니까!"

"왜냐하면, 방해되니까."

"…………네?"

"전부 다 이야기할 마음은 없어. 방금 가면 경에게 이야기하기도 했고. ……아, 맞다. 그 가면 경이 이제는 입도 못 여는 상태가 되었구나."

"……언니."

시스벨은 말문이 막혔다.

바르르 입술을 떨면서 뒷걸음질 쳤다.

눈치챈 것이다. 눈앞에 있는 언니는, 더 이상 자신이 아는 언니가 아니란 사실을.

『네뷸리스 황청. 제1 왕녀 일리티아.』

은색 수인이 앞으로 나섰다.

『상당히 많이 침식된 것 같군. 괴물이 된 기분은 어때?』

"어머, 처음 뵙겠습니다. 천제 폐하."

일리티아가 정중하게 고개를 숙여 인사했다.

무도회의 댄스 파트너를 대하는 것처럼 치맛자락을 살짝 붙잡아 올리면서.

"팔대사도는 사라졌습니다."

『알아.』

"제국군도, 성령 부대도. 모두 다 기분 좋은 잠에 빠졌습니다."

『보면 알아.』

"그.러.니.까."

일리티아는 자기 입술에 손가락을 대더니 요염하게 입술을 끌어올렸다.

참으로 즐겁다는 듯이.

"이제는 이곳에 있는 자들을 전부 제거하면, 훼방꾼은 다 사라지는 거겠죠?"

"……!"

거의 반사적으로 이스카는 한 쌍의 성검을 뽑았다.

진과 미스미스 대장과 네네도 똑같이 총을 들었다.

너희들을 제거한다──.

팔대사도와 일리티아의 전투를 「등불」의 힘으로 지켜봤기 때문에 알 수 있었다. 저것은 단순한 농담이나 도발이 아니다. 눈앞에 있는 마녀는 그만큼 위험한 존재였다.

"천제 폐하. 당신만 사라진다면, 나의 낙원은 이쪽으로 성큼 다가올 거예요."

『으음~ 글쎄, 어떨까.』

융메룽겐이 고개를 갸웃거렸다.

두리번두리번 주위를 둘러보고 나서, 정면에 있는 일리티아를 다시 봤다.

『너무 늦은 거 아냐? 크로.』

"!"

일리티아가 튕겨 나가듯이 몸을 비틀었다.

검은색 섬광.

일리티아의 상반신을 갈라버릴 듯한 기세로 날아든 섬광이 더없이 아슬아슬하게, 머리카락 한 올 정도의 차이로 일리티아를 스쳐 지나갔다.

"어휴, 너무하셔라. 얌전한 숙녀를 뒤에서 습격하다니."

일리티아가 훌쩍 뛰어 후퇴했다.

왼쪽 어깨가 크게 베이긴 했지만…… 그 절단면에서는 피 한 방울도 나오지 않았다.

"어머나, 당신은. 혹시 흑강의 검투사 크로스웰?"

"_____."

칼집에서 뽑은 검은색 칼을 들고 있는 검은색 코트의 남자.

그는 일리티아의 말에는 반응하지 않고 천천히 이쪽을 돌아봤다.

"자, 보아라. 이스카."

"스승님?!"

"이 여자는 더 이상 인간이 아니야. 성령술사라고도 할 수 없어."

검은 안개.

일리티아의 어깨 절단면에서 튀어나온 것은 붉은 피가 아니라 검은 안개였다.

게다가──.

그 절단면조차도 눈 깜짝할 사이에 도로 붙어서 수복되어 갔다. 그것은 앨리스와 시스벨, 두 자매가 저도 모르게 외면해버릴 정도로 비인간적인 광경이었다.

"속은 시커멓구나. 가까스로 인간 꼴을 취하고 있는 것은 얼굴 가죽 한 장뿐인가."

"아이참, 정말 너무한 분이시네요. 그러나 틀린 말은 아니라서 부정할 수도 없어요."

일리티아의 미소는 흐트러지지 않았다.

괴물 취급을 당하는 것도 오히려 기분 좋게 받아들이는 듯한 태도였다.

그러나.

"……!"

그녀의 미소가 얼어붙은 것은 그 직후였다.

태연하게 이쪽을 바라보던 일리티아가 돌연 눈을 크게 뜨더니, 시선을 상공으로──.

깊디깊은 푸른색 하늘.

그곳에 탁한 금빛 머리카락을 나부끼는 갈색 소녀가 있었다.

시조 네뷸리스였다.

"시조님?!"

"시조?!"

『어, 오랜만이네.』

어떤 자는 경악하여 외쳤고, 어떤 자는 경계하여 소리쳤고, 어떤 자는 어휴 하고 한숨을 쉬면서 하늘을 우러러봤다.

한편.

"⋯⋯성령이 술렁거리는 것 같아서 한번 와봤는데."

갈색 소녀는 그중 누구도 보지 않았다.

소녀가 냉정한 눈빛으로 내려다보는 대상은 오직 하나. 어깨의 상처에서 검은 안개를 계속 뿜어내고 있는 일리티아였다.

"너였구나."

대답 따위는 처음부터 바라지도 않았다.

시조는 발아래에 있는 일리티아를 향해 손가락을 뻗었다.

——『하늘의 천둥.』

번개가 내리쳤다.

빛이 번쩍였다. 모든 이들이 그렇게 생각한 순간에는 이미 거대한 번갯불이 일리티아의 온몸을 덮치면서 아스팔트 노면에 큰 구멍을 뚫어버렸다.

"우선 제국을 멸망시킬 생각이었는데, 순서가 바뀌었다. 너는 별을 더럽히는 적이다. 사라져."

"……아아, 유감이야."

검은 기류가 소용돌이쳤다.

시조가 발사한 번개에 의해 흔적도 없이 날아가 버렸던 일리티아. 그러나 기류가 응집되자, 또다시 그녀의 모습이 점점 구성되었다.

"여기서 천제를 처리했으면 참 편했을 텐데. 시조가 있고 순혈종이 있고, 덤으로 성검을 계승한 사도성까지 있으니. 이 정도면 과식이라서 비위가 상하네요."

보란 듯이 탄식을 하더니.

"그러니까 다음에 다시 올게요."

일리티아의 육체가 빛으로 감싸이기 시작했다.

마치 성령 그 자체인 것처럼 그곳에서 홀연히 사라질…… 거라고 모든 이들이 생각했을 것이다. 심지어 일리티아 본인도.

——파직.

작은 불꽃이 튀더니, 일리티아를 감싸던 빛이 싹 날아가 버렸다.

"어?"

제1 왕녀가 눈을 휘둥그렇게 떴다.

"설마 나의 공간 이동에 간섭을……?!"

"그냥 보내줄 것 같으냐?"

시조 네뷸리스의 차가운 시선.

"구멍은 막았다."

"······놀라워. 시조님의 성령은 시공 간섭 계열이었군요? 선수를 빼앗겼네."

일리티아가 쓴웃음을 지었다.

좀 전까지의 여유는 이제 보이지 않았다. 아무리 봐도 궁지에 몰린 자의 허세였다.

"눈에 거슬린다. 사라져라, 소녀여."

"아아, 이게 무슨 일이람. 나 정말로 위험해졌어."

마녀가 무릎을 꿇었다.

그리고 마치 땅속을 향해 말을 거는 것처럼 양손으로 대지를 부드럽게 쓰다듬으면서.

──그러니 나를 도와줘. 『*La Selah Milah Uls*』.

울려 퍼졌다.

대지가 뒤집힐 듯한 땅울림이 발생하고, 돌풍과도 같은 바람이 불기 시작했다.

"이, 이게 뭐죠?! 이 흔들림은?!"

"앨리스 님, 시스벨 님, 두 분 다 숨으세요! 이 돌풍은 뭔가 이상합니다!"

린의 성령술.

발밑의 흙이 솟아올라 골렘을 형성하더니 앨리스와 시스벨의 방패가 되었다.

그러나.

여기서 가장 도움이 필요했던 사람은 앨리스도, 시스벨도 아니었다.

"……………아하…… 그렇, 군…….."

힘없이 괴로워하는 소리.

그쪽을 돌아본 이스카가 본 것은, 바닥에 무릎을 꿇은 스승님의 모습이었다. 그리고 그 등 뒤에도——.

『……으…… 아…………..』

"폐하?!"

리샤에게 안긴 은색 수인이 있었다.

그동안의 초연한 태도는 싹 사라진 천제 융메룽겐이 자기 가슴을 붙잡은 채, 입가에서는 송곳니를 드러내고 고통스러워하는 표정을 짓고 있었다.

……뭐야? 무슨 일이 일어난 거야.

……스승님?! 게다가 천제까지도 뭐 때문에 괴로워하는 거지?!

이스카에게는 아무런 이변도 일어나지 않았다.

천제를 끌어안고 있는 리샤도 마찬가지였다.

진도 네네도 미스미스 대장도, 또 앨리스와 시스벨과 린도, 모두 다 '왜 저렇게 괴로워하는 거지?'란 의문을 솔직하게 표정으로 드러내고 있었다.

"……제법, 엄청난 짓을 하는구나."

시조 네뷸리스가 지면으로 내려왔다.

아니, 내려온 것 같지는 않았다. 허공에 부유하는 능력을 유지하지 못하고 낙하했다는 것이 더 적절한 표현일 것이다.

"**깨운 것이냐.** 네 이놈, 방금 그 재액의 이름을 부른 것이냐!"

"――――――――아하하!"

에메랄드빛 머리카락을 지닌 왕녀가 웃음을 터뜨렸다.

"아하하…… 아하, 아하하하하! 이 얼마나 멋진 날인지. 제국과 황청의 상징인 천제와 시조님이 한꺼번에 바닥을 기다니!"

너무너무 재미있어서 참을 수 없다.

그렇게 말하는 것처럼 황홀해하는 표정으로 뺨에 홍조를 띤 채 이야기했다.

"네, 맞아요. 시조님. 강한 성령을 지닌 사람일수록 그것(재액)의 힘에 대해 강한 거부반응을 일으키게 되는 거지요. 어때요, 한동안 움직일 수 없겠죠?"

또각, 또각…….

구두 소리를 내면서 시조에게 다가갔다.

"무력한 인간을 괴롭히는 것은 내 미학이 추구하는 바는 아니지만. 시조님은 예외입니다. 왜냐하면 내 야망의 위험 요소이니까."

"마치…… 나를, 제거할 수 있다고, 말하는 것 같구나…….."

"네. 시조님."

이를 악무는 시조를 황홀한 표정으로 내려다보는 일리티아.

"당신을 제거하고, 제가 이 별의 최후의 마녀가 될 겁니다."

육체 변모.

여신같이 아름다운 왕녀가 자신의 육체를 순식간에 변모시켰다.

새까맣고 투명한 육체를 지닌 인간 형태의 괴물로.

"네 이놈, 설마?!"

『놀라셨나요? 네, 이미 저는 이 정도로 재액과 하나가 되었습니다. 지금 이렇게 약해진 시조님이라면 간단히 부숴버릴 수 있을 정도이지요.』

진짜 마녀의 새까만 손이 뻗어져 나왔다.

그것이 무방비한 시조에게 닿기 직전에——.

얼음 단검이 그 손을 스치고 지나갔다.

"······언니!"

꼼짝도 못 하는 시조 앞으로 금발 머리 소녀가 뛰쳐나왔다.

동생 앨리스였다.

"······언니의 그 모습이 대답인 거죠? 황청의 왕녀가 아니고, 우리의 다정한 언니도 아니고, 그런 괴물이 되면서까지 세계를 쑥대밭으로 만들고 싶다! 그것이 언니의 대답이라는 거죠?!"

목이 터져라 외쳤다.

눈이 새빨갛게 부은 앨리스가 눈앞에 있는 괴물을 손가락으로 가리켰다.

"그렇다면 나는! 내 나라를 지키기 위해, 언니에게 저항할 겁니다!"

극한의 바람.

앨리스가 지표면을 건드리자, 그곳에서 얼음 덩굴이 맹렬한 속도로 자라났다. 갈라진 포장도로를 꽁꽁 얼리면서 얼음 덩굴이 일리티아의 발목을 휘감았다.

"가둬라!"

『어머, 앨리스.』

빠직.

얼음이 뒤틀리는 기척. 그것은 일리티아가 얼음덩어리 속에 갇혀버린 소리가 아니라, 일리티아의 발에 달라붙은 얼음 덩굴이 산산이 부서지는 소리였다.

"……이럴 수가?!"

『귀엽구나. 아직도 나를 적당히 봐주는 거니?』

그리고 소실됐다.

얼음 덩굴에서 벗어난 진짜 마녀가 앨리스의 눈앞에서 사라져버린 것이다.

아무런 소리나 기척도 없이.

"……사라졌어?"

『어머나, 이 머리털은 끝이 갈라졌네.』

"윽?!"

앨리스의 표정이 얼어붙었다.

소실됐던 언니가 어느새 바로 옆에 와서 자신의 금빛 머리카락을 어루만지고 있었다.

『많이 상했어. 이러면 안 돼, 앨리스. 머리카락 손질은 꾸준히 해야지.』

"──────!"

『하지만 그것도 더 이상 신경 쓸 필요 없게 해줄게.』

까맣고 투명한 마녀의 손가락.

그것은 마치 조그만 다섯 마리 뱀처럼 앨리스의 목덜미를 기어 올라왔다.

『앨리스, 미안해. 너는 여기서…….』

"그렇게는 안 돼."

진짜 마녀의 손가락이 앨리스의 목에 들러붙는다.

그러나 그 직전에, 이스카가 옆으로 휘두른 칼이 마녀가 있던 공간을 베었다.

──순간이동.

칼날이 닿기 직전에 일리티아는 이스카 앞에서 사라졌다.

……지금도 마찬가지였다. 공간 이동의 조짐이 전혀 없었다.

……타천사 켈비나가 보여줬던 리프(빛의 이동)와 같은 수법인가!

성령 그 자체.

현재 일리티아에게는 이 세계의 물리법칙은 적용되지 않는다.

"앨리스!"

전방에 출현한 진짜 마녀를 향해 달려가면서.

이스카는 등 뒤에 있는 앨리스에게 큰 소리로 말을 걸었다.

"다시 한번 얼음으로 포박해."

"뭐? 하, 하지만……!"

"저 여자의 공간 이동 기술에는 약점이 있어. 성령 에너지로 구

속하면 쓸 수 없어."

타천사 켈비나가 그랬었다.

린의 골렘에게 붙잡히는 바람에 리프 기술을 사용하지 못하고 땅으로 떨어졌던 것이다.

——딱 한순간이라도 상관없다.

앨리스의 얼음 덩굴로 다시 한번 구속하기만 하면.

"다음에는 놓치지 않아."

『어머나, 그건 나에 대한 사랑 고백이니?』

여유로운 말투.

그러나 일리티아가 취한 행동은 더 멀리 뒤쪽으로 리프를 하는 것이었다.

눈에 띄게 달랐다.

천제나 시조, 또 앨리스와 대치했을 때도 보여주지 않았던 강한 경계심을 노골적으로 드러내고 있었다.

『……아아, 아파.』

투명한 검은색 육체의 옆구리 부분이 살짝 파여 있었다.

성검이 벤 부위.

그곳이 수복이 안 돼서 아직도 불완전한 상태였다.

『켈비나가 했던 말이 정답이었구나. 나의 천적은 순도 높은 성령 에너지라고 했지. 그중에서도 최고가 성검이라면, 그래, 납득이 가. 닿기만 해도 위험한 것 같네.』

"내가 말했잖아."

대지를 박찼다.

일리티아가 한순간 거리감을 착각할 정도로 엄청나게 가속하면서 이스카는 그 품속까지 파고들었다.

『······놀라운 속도야.』

"다음에는 안 놓친다."

기술을 발동시킬 틈도 주지 않고 끝장을 낸다. 말하자면 궁극의 선수(先手) 필승. 그것은 상대가 꼭 진짜 마녀가 아니더라도, 아무리 강력한 성령술사여도 유효한 전술이었다.

그런데도——.

『난 이런 국면을 동경했었어.』

괴물은 흥분한 음성으로 말했다.

『이런 모습이 되었어도, 이토록 많은 이들의 원한을 샀어도, 나를 지켜주는 기사가 있다. 궁지에 몰렸을 때 기사가 달려와 주는 공주님의 기분······ 그건 얼마나 행복한 걸까······?』

그래서 좋아해. 요하임.

높이 들린 성검.

그 칼날이 진짜 마녀에게 닿기 직전에, 바로 옆에서 튀어나온 대검이 그것을 쳐냈다.

"윽?!"

"나의 주군이다. 함부로 손대지 마라."

주홍 머리 제국 병사.

갑주와 코트가 일체화된 전투복을 입은 그 남자가 누구인지, 이스카는 잘 알고 있었다.

동료**였기** 때문이다.

사도성 제1위 『순』의 기사 요하임 레오 아르마델.

이 남자가 진짜 마녀의 부하이고, 제국군에 소속되어 있었던 것도 처음부터 제국을 배신하기 위해서였다는 사실은 시스벨의 등불을 통해 증명되었다.

그런데 돌이켜보면——.

그 점을 시사하는 힌트는 처음부터 주어져 있었다.

다름 아닌 일리티아가 제공해준 힌트가.

"실은 제가 제국군과도 사이좋게 지내던 시기가 있었답니다."

"나는 궁금해요. 사도성 열한 명 중에서 검을 사용하는 사람은 두 명이죠. 당신과 제1위 중 누가 더 강할까요?"

일리티아는 제국군의 「누군가」와 내통하고 있었다.

그 상대가 바로 제1위 요하임이란 것을 너무나 당당하게 고백했던 것이다.

……잠깐만.

……그렇다면 설마 그때부터 저 여자는 이런 전개를 다 예상했단 말인가?!

사도성에 속하는 검사 두 명.

그런 이스카와 요하임은 과연 어느 쪽이 더 강할까──즉, 그들이 싸울 날이 오리란 것까지 진짜 마녀는 미래 예측을 했던 것이다.

그리고 이스카는 그때 이렇게 대답했었다.

"나는 성령술사와 싸우는 데 특화된 인간이다. 인간과 싸우는 훈련은 받지 않았다."

"그와 싸운다면 기껏해야 1합에서는 대등하게 버티고, 2합에서는 밀리고, 3합에서는 패배할 것이다."

『아~ 요하임. 어디 갔나 했더니.』

리샤의 부축을 받은 천제가 비틀거리면서도 몸을 일으켰다.

『네가 정직하지 않다는 것은 알고 있었어. 그래도 황청의 밀정쯤으로 생각했는데, 응, 그래. 너는 그것의 편이 되었던 거구나.』

"폐하. 지금까지 신세를 졌다……고 말하고 싶지만."

사도성 제1위가 진지한 얼굴로 대답했다.

"나는 당신에게서 정보를 얻기 위해 접근했다. 당신은 나에게서 정보를 얻기 위해 나를 사도성으로 임명했지. 그러니 서로에게 빚은 없는 거다. 그리고 내 주군을 '그것'이라고 부르지는 마라."

『저걸 봐, 요하임. 네 뒤에 서 있는 그것은 멜른보다 더 심한 괴물이거든?』

"괴물 따위는 없어."

기사가 새까만 마녀를 보호하듯이 앞에 섰다.

"여기 있는 것은 그 누구보다도 고상한 이상을 품은 공주님이
시다."

『세뇌를 당한 건가?』

『그럴 리가요.』

그렇게 대답한 것은 뒤편에 있는 괴물이었다.

『나는 몇 번이나 요하임을 거부했어요. 나는 괴물이니까. 이 세
계 전체의 원망을 받을 테니까. 그러나 요하임은 끝까지 내 곁을
떠나려고 하지 않았어요. 단지 그뿐입니다.』

그리고 정적이 흘렀다.

대검을 편안하게 들고 있는 요하임과, 그 뒤에 있는 진짜 마녀.

둘 다 이쪽을 바라보기만 하면서 움직이지 않았다.

……진짜 마녀의 목표물은 천제와 시조.

……그러나 그 앞에는 성검을 든 내가 있었다. 뒤에는 앨리스
도 있었다.

팽팽한 균형.

저 진짜 마녀도 함부로 덤비지는 못하는 것이었다.

한편 이스카가 공격하려고 해도 그것은 사도성 제1위가 막아낼
것이다.

교착 상태.

이 상태를 무너뜨리려면 어느 한쪽이 억지로 공격을 개시하거

나, 아니면————.

『으음…… 됐어, 끝이야.』

짝! 하고.

먼저 손뼉을 쳐서 호위병을 물린 것은 진짜 마녀였다.

『후퇴하자, 요하임. 여러분. 언젠가 다시 만납시다.』

빙글 몸을 돌렸다.

이토록 심한 긴장 상태가 마치 존재하지도 않았던 것처럼 간단하게.

『별의 중추에서 더 많은 힘을 손에 넣어서 내가 완벽하게 진화한 다음에 다시 만나요.』

"윽! 언니, 지금 도망치는 거예요?!"

『응, 맞아. 앨리스. 난 너와는 달리 싸우는 것보다는 도망치는 것에 더 익숙하거든. ……아, 그런데 못된 장난이 하나 생각났다.』

진짜 마녀가 이쪽을 돌아봤다.

그녀가 내뻗은 손가락에서 까만 물방울이 두 개 찰박! 하고 바닥으로 떨어졌다.

『앨리스, 넌 성령과 싸워본 적이 있니?』

"네?"

『바다의 에이도스(허구 성령)와 대지의 에이도스. 놓쳤다가는 큰일 날 거야. 이 아이들은 **각각 단독으로 제국과 황청을 멸망시켜버릴 수 있거든.**』

철벅.

진짜 마녀와 요하임은 발밑의 그림자 속으로 가라앉으면서 사라져갔다.

그 대신——.

바닥에 떨어진 까만 물방울에서 두 마리 괴물이 떠오르기 시작했다.

……이 녀석들은.

……도대체 뭐지?!

이스카의 등골이 서늘해지는 오한.

그것은 과거에 온갖 적들을 상대하면서도 느껴보지 못했던 또 다른 차원의 허무감이었다.

불길하게 빛을 내는「인간 형태의」괴물.

『————.』

『————.』

한 마리는 빛이 들지 않는 심해와도 같이 시커먼 푸른색.

또 한 마리는 부패한 대지와도 같이 시커먼 붉은색.

각각 손에는 바닷물과 피를 응축시켜 만든 듯한 색깔의 십자창을 들고 있었다.

머리는 올록볼록한 곳 하나 없이 동그랬다. 그중 눈에 해당하는 부분만 뻥 뚫린 것처럼 빛이 없어서, 어디를 보고 있는지 알 수 없었다.

그런 괴물이 끼…… 끼긱…… 하고 삐걱거리는 문짝 같은 소리를 내면서 천천히 얼굴을 이쪽으로 돌렸다.

어마어마한 적의를 뿜어내면서.

"……저기, 이스카."

"시스벨, 물러서!"

이스카는 성검을 양손에 쥐고 소리쳤다.

"이놈들은 보통 적이 아니야!"

"……일리티아 님, 이게 무슨 농담인가요."

한편 린은 그런 말을 뱉어냈다.

두 마리 괴물에게서 멀리 떨어지려고 서서히 후퇴하면서 말을 이었다.

"……이놈들만 있어도 황청이 멸망한다고? 농담도 적당히 하셔야지!"

"귀담아들을 필요 없어, 린."

그런 린 옆에서.

앨리스가 입술을 꽉 깨물며 말했다.

"언니는 이미 황청의 적이야. 헛소리구나 하고 흘려들어. 이 괴물을 얼른 쓰러뜨리면 그만이야. ……그렇게 믿고 싶어."

괴물에게서 눈을 떼지 않은 채.

앨리스는 빠르게 질문을 던졌다. 은빛 털의 수인을 향해.

"당신이 천제라는 것을 전제로 이야기할게. 오늘 이 자리에서 나는 제국에 위해를 가할 생각은 없어. 그러니까──."

『앞을 봐. 여기는 전장이다.』

천제의 가차 없는 한마디와 동시에.

푸른 거인──바다의 에이도스가 앨리스를 덮쳐왔다.

지면 위를 활주하면서.

마치 빙상을 달리는 스케이트 선수처럼 완만하고도 무섭도록 빠른 돌진 속도로.

"검이여!"

대기 중의 수분이 눈 깜짝할 사이에 응고되었다.

앨리스의 성령술에 의해 형성된 얼음 대검이, 이쪽으로 덤벼드는 푸른 거인의 가슴을 찔렀다. 그런 것처럼 보였다.

처음부터 끝까지 상황을 지켜보던 이스카의 눈에도.

앨리스가 발사한 얼음 칼이 『바다의 에이도스』를 찌르더니──.

앨리스를 향해 날아왔다.

"어?"

성령의 자동 방어는 발동되지 않았다.

앨리스의 성령술이 만들어낸 얼음이므로, 앨리스의 성령은 그것을 위험한 것이라고 인식하지 못했다.

……푹.

얼음 칼날이 꽂히는 둔탁한 소리가 났다.

앨리스를 꿰뚫을 뻔했던 얼음덩어리가, 종이 한 장 차이로 앨리스를 감싸준 골렘에게 깊이 박힌 것이었다.

"앨리스 님, 물러나세요!"

"으윽?!"

앨리스가 체면이고 뭐고 없이 무작정 뛰었다.

그 표정이 순식간에 험악하게 변했다.

"……내 성령술을 반사했어?!"

방금 그 공방전만 봐도 무슨 일이 일어났는지는 충분히 이해할 수 있었다.

성령술에 대한 간섭.

이 에이도스라는 거인에게 갖춰진 기능일 것이다. 아마도 거울이 빛을 반사하는 것처럼 성령술을 되받아치는 시스템이리라.

──성령술사의 천적.

그러나.

그런 흉악한 적 앞에서도 린은 신속하게 기지를 발휘했다.

"그놈을 날려버려!"

린의 호령.

골렘은 거대한 팔뚝을 들어 올려, 앨리스를 덮치는 푸른 거인을 후려쳐 날려버렸다.

빠직.

골렘의 주먹이 닿은 에이도스의 표면에 약간 금이 갔다.

"그래, 역시 성령 에너지만 되받아칠 수 있구나!"

얼음 성령술사는 얼음을 만들어낸다.

흙의 성령술사는 흙을 조종한다. 그런데 후자가 다루는 것은 진짜 흙이다. 골렘도 성령술로 조종되는 대량의 흙모래이므로,

그 주먹까지 튕겨내지는 못하는 것이다.

물리적인 파괴는 가능하다는 뜻이다.

이 에이도스라는 괴물을 물리치려면 성령술 이외의 방법을 쓰면 된다.

"총이다! 제국 병사, 네놈들이 나설 차례야!"

"글쎄, 과연 그럴까?"

툭 내뱉듯이.

진이 중얼거린 그 한마디를 들은 사람은, 가장 가까이 있는 이스카밖에 없었을 것이다.

"보스, 네네, 멈춰."

"뭐?!"

"진 오빠, 왜 그래?!"

"내가 쏜다."

대답할 기회도 안 주고 1초 미만의 엄청난 속도로 진이 저격총을 들어 상대를 겨눴다.

목표물은 또 한 마리의 괴물——.

제907부대를 향해 맹렬한 기세로 바닥을 미끄러져 다가오는 붉은 거인. **그놈의 무릎을 향해 발포.**

흩어지는 핏방울.

에이도스를 꿰뚫었어야 할 총탄이 진의 어깨를 갈랐다.

"진 군?!"

"보스, 쏘지 마! ……예상대로 최악의 상황이군. 이게 무슨 원리인지는 몰라도!"

상처 부위를 손으로 누르면서 진이 후퇴했다.

뚝, 뚝 하고 몇 방울의 피를 대지에 흩뿌리면서.

"빨간 놈은 물리 에너지를 반사한다."

바다(파랑)의 에이도스는 성령 에너지를 반사한다.

대지(빨강)의 에이도스는 물리 충격을 반사한다.

두 가지 색깔의 거인.

그중 한 놈이 성령 에너지를 반사한 시점에서, 나머지 한 놈의 특성도 예상할 수 있었다.

총탄은 튕겨 나온다.

총탄은 물론이고 제국군의 대포나 미사일도 안 통한다.

……그렇기 때문에 여기서 진이 기지를 발휘했다.

……방금 순간적으로 저격을 할 때 모든 것을 계산했던 것이다.

일부러 무릎을 노렸다.

진이 미리 「반사되어도 괜찮은 각도」로 사격을 했기 때문에, 반사된 총탄이 그냥 어깨만 스치고 지나갔던 것이다.

"저 괴물 놈들. 진짜로 민폐가 심한 능력이군……!"

린이 어금니를 꽉 깨물었다.

──천적.

성령술사는 바다의 에이도스 앞에서는 무력해진다.

제국군은 대지의 에이도스 앞에서는 무력해진다.

진짜 마녀가 했던 말은 거짓말이 아니었다.

이 두 마리는 각각 단독으로 제국과 황청을 괴멸시킬 위험성이 있었다.

"서로 바꿔 공격하면 되잖아?!"

권총을 손에 든 미스미스 대장이 표적을 바꿨다.

총구가 향하는 곳에는 바다의 에이도스가 있었다. 이 푸른색 거인에게는 총이 통한다.

"우리는 파란 놈부터 해치운다!"

그러나 그보다 더 빨리.

두 마리의 거인이 마녀의 주문과도 비슷한 말을 읊었다.

──『*corna killsies.*【화염/파랑】』

──『*ryphe fulis.*【번개/빨강】』

솟구치는 화염과 섬광.

지면이 갈라진 틈에서는 폭발적인 불티를 뿜어내는 푸른 불꽃이.

구름이 갈라진 틈에서는 맹렬한 굉음을 발생시키는 붉은 번개가.

둘 다 대규모 산사태처럼 엄청난 기세로 닥쳐왔다. 공기를 태우고 포장도로를 불살라 모든 것을 집어삼키면서──.

피할 수 없었다.

검문소 광장 그 자체를 통째로 뒤덮을 정도로 광범위한 공격이었다. 그것을 눈치챈 순간, 이스카는 등 뒤에 있는 앨리스와 동시에 움직이고 있었다.

"벽이여!"

"물러서!"

앨리스가 만들어낸 얼음벽이 화염을 막아냈다.

그 벽의 구덩이를 안에서부터 박차고 올라간 이스카는 허공으로 점프했다.

──내리꽂히는 번갯불.

그것은 직감이었다. 번개가 지상을 향해 발사됐다면 과연 어떤 식으로 떨어질지. 인간의 반응의 한계를 뛰어넘는 속도로 떨어지는 번개를 향해 이스카는 성검을 치켜들었다.

"……하앗!"

그 칼끝이 번개의 끄트머리에 명중했다.

성검으로 절단한 붉은 빛은 그대로 여러 갈래의 빛줄기로 분열되어 허공에 녹아들듯이 사라졌다.

그러나.

완벽하게 베지는 못했다.

성검이 벤 것은 하늘에서 내려오는 번개의 일부였다. 번개를 베어낸다는 것은 인간의 한계를 초월한 신기(神技)이므로, 이스카도 운과 직감에 의존할 수밖에 없었다.

그가 다 베어내지 못한 번개는 무수한 빛으로 분열되었고, 그 중 하나가 뒤쪽에 있는 붉은 금빛 머리 소녀를 덮쳤다.

"……아차, 시스벨!"

"?!"

시스벨이 비명을 지를 새도 없었다.

맹수처럼 덮쳐오는 번개. 그 공포에 직면하여 그저 눈만 크게 뜰 수밖에──.

"멍청한 제자 놈."

검은 섬광이 그 번개를 후려쳤다.

시스벨의 눈앞에 끼어들듯이 얼른 뛰쳐나온 흑강의 검투사 크로스웰이 한 짓이었다.

"은거하는 사람을 괴롭히지 마라."

"……저, 저기…… 가, 감사합니다……?"

"융메룽겐."

성검과 비슷한 장도를 들고 있는 스승 크로스웰이 무뚝뚝하게 천제를 불렀다.

"머릿수 좀 줄여봐."

『크로, 넌 박애주의자구나.』

리샤의 손에 붙잡혀 있던 은색 털의 수인이 힘없이 살짝 쓴웃음을 지었다.

『성령들아. 부탁할게. 멜른이 꼽은 사람들을 700m 떨어진 곳으로 옮겨줘. 그 대상은 멜른과 크로와 시스벨 왕녀.』

"어, 네?! 무, 무슨 짓을 하려는 거예요?!"

『그리고 또.』

시스벨의 목소리는 들은 척 만 척하면서 천제가 뒤쪽을 돌아 봤다.

그곳에 쓰러져 있는 무수한 사람들을 가리키더니.

『저기 있는 제국군과 성령 부대, 전부.』

부우웅 하고.

새하얀 점액 같은 벽이 소리를 내면서 펼쳐졌다.

너무나 생소한 광경이었는데, 천제의 주장에 의하면 이 꿈틀거리는 벽의 정체는 별의 방위군에 해당하는 성령 집단이라고 한다.

『특별 서비스야. 앨리스리제 왕녀. 너희 나라 병사들도 데려가줄게. 그리고 네 여동생도. 방해될 테니까.』

"네?! 저, 저기, 누가 방해가 된다는 겁니까?! 나는——."

『옮겨.』

천제가 손가락을 딱 튕겼다.

하얀 점액이었던 것이 빛의 커튼으로 변했다. 그리고 천제, 크로스웰, 시스벨, 또 광장에 있는 제국군과 성령 부대를 통째로 감싸서 공간 이동을 시켰다.

국경 검문소 바깥으로.

"아앗, 폐하! 나는 여기 두고 가시는 거예요?!"

리샤가 가볍게 쓴웃음을 지었다.

"무정하시네. 나는 폐하의 참모인데. 이런 최전선에서 싸우는 역할이 아니라, 냉난방이 잘되는 사무실에서 커피나 마시면서——."

"입 다물고 움직여."

린의 일갈.

스커트를 확 들추더니 그 밑에 숨겨둔 단도를 움켜쥐었다.

"앨리스 님, 이 안경잡이 여자는 인위적인 성령술사입니다. 성령의 실로 대상을 구속하는 '지원 특화 능력'이라고 생각하시면 됩니다."

"내 성령을 다 까발리는 거야?!"

"너랑 앨리스 님이 저쪽의 빨간 놈을 맡고. 나는 이 파란 놈을 맡는다."

대규모 화재.

검문소 광장을 에워싸듯이 흩어진 푸른 불꽃이 포장도로에서 잔디밭으로 뻗어나가고 있었다. 광장 곳곳에서 뭉게뭉게 검은 연기가 피어오르는 가운데——.

전장은 두 개로 분열되었다.

바다의 에이도스, 이에 맞서는 린과 제907부대.

대지의 에이도스, 이에 맞서는 앨리스와 리샤.

"린!"

흩날리는 푸른 불티 속에서 앨리스는 시종을 향해 큰 소리로 외쳤다.

"나는 걱정하지 마! 너는 너 자신을——."

『*veiz.*【손톱】』

"윽!"

날아드는 십자형 창.

앨리스가 린에게 신경 쓴 순간, 붉은 거인이 창을 던진 것이다.

"잡아라!"

지표면에서 자라난 얼음 덩굴이 허공에서 창을 붙잡아 막아냈다. 후드득…… 하고 얼음 덩굴에 사로잡힌 창이 흙으로 되돌아가는 장면을 앨리스는 곁눈질로 힐끔 보면서 말했다.

"숙녀가 말을 하는데 방해하다니, 무례하구나. 언니의 부하라면 좀 더——."

『veiz. 【손톱】』

"……크윽?! 저, 정말 무례하잖아?!"

대지의 에이도스가 또다시 창을 소환했다.

그것을 한 손에 들고 무시무시한 기세로 재차 앨리스를 향해 돌진했다.

……그렇구나. 지성 따위는 없단 말이지.

……단순히 피에 굶주린 짐승이잖아!

일리티아 언니의 부하라면 그에 걸맞은 지성을 가지고 있을 거라고 믿었는데.

이 거인은 한낱 폭군이었다.

지상에 나타나, 그곳에 있는 것을 모조리 유린하는 것이 존재 의의.

"그럼 나도 봐주지 않을 거야!"

빙화, 천 개의 가시 눈보라.

상공을 뒤덮으면서 생겨난 수백 개나 되는 얼음 검.

게다가 지표면에서도. 얼어붙은 벤치에서도 얼음 검이 줄줄이 생성되었다.

——절대 포위.

머리 위뿐만 아니라 전후좌우에서 얼음 검이 에이도스를 포위했다.

"꿰뚫어라!"

소나기같이 쏟아지는 얼음 검.

그 순간, 붉은 거인이 움직였다. 손에 들고 있던 적토(赤土)의 창을 확 치켜들어 공중을 베었다. 그 동작 하나가 태풍 같은 회오리바람을 일으켰다.

부웅!

대기가 찢어지면서 비명을 질렀다.

대지의 에이도스의 창이 일으킨 바람에 휘말려, 거인을 향해 발사됐던 얼음 검들이 마치 나뭇잎처럼 튕겨 날아갔다.

"……저럴 수가?!"

특수한 기술은 아니었다.

그저 힘만 믿고 무작정 창을 휘둘러, 그 돌풍만으로 천 개의 얼음 검을 튕겨낸 것이다.

괴력난신(怪力亂神).

대체 얼마나 엄청난 괴력으로 창을 휘두르면 이런 천재지변에 가까운 바람을 일으킬 수 있단 말인가.

그 창의 끝이——.

자신의 가슴을 겨누는 것을 본 순간, 앨리스는 온몸의 피가 싹 빠지는 것을 느꼈다.

위험하다.

"덩굴이여, 저것을 막아라!"

창을 쥔 에이도스가 돌진했다.

포장도로의 표면이 폭발해 날아갈 정도로 기세 좋게 지면을 미끄러지면서 달려왔다. 그 움직임을 막기 위해 앨리스의 명령을 받은 얼음 덩굴이 거인을 옭아맸다.

그러려고 했다.

……뚜둑.

앨리스의 눈앞에서 얼음 덩굴이 찢겨 나갔다.

거인의 돌진은 멈추지 않았다.

얼음벽을 가볍게 날려버리고, 앨리스를 향해 적토의 창을 내리쳤는데——그것은 명중하지 않았다.

대지의 에이도스가 움직임을 멈췄다.

창을 내리치기 직전이었다.

거의 보이지 않는 것이나 마찬가지——붉은 거인의 무릎과 목에, 머리카락보다도 더 가느다란 「실」이 여러 겹으로 얽혀 있었다.

얼음 덩굴보다 훨씬 가느다란 성령의 실이 에이도스를 꽉 붙잡고 놔주지 않았다.

"……어쩔 수 없지. 폐하의 명령이라면."

앨리스에게서 좀 떨어진 위치에서——.

조용히 지켜보는 것 같았던 리샤가 거기서 천천히 팔을 벌렸다.

작은 빛의 보옥. 그것이 공중에서 스르르 풀리면서 실로 변해, 지면을 따라 조금씩 이 광장으로 퍼져나가고 있었다.

"내가 가진 것은 별의 제4세대『실잣기』의 성령. 우리는 서로 증오하는 관계이지만, 지금은 잠시 협력할까요? 빙화의 마녀 씨."

"…………."

"아차, 마녀라고 해서 기분 상하셨어요? 고의는 아니었는데."

"……아니."

안경 렌즈 안쪽에서 심술궂은 미소를 짓고 있는 리샤에게.

앨리스는 사심 없이 순수하게 웃으며 대꾸했다.

"고마워. 방금은 당신 덕분에 살았어."

"네, 그럼 당장 해봐요. 내가 거인을 붙잡아놓는 동안에.『수축해라』."

끼긱.

에이도스의 목에 성령의 실이 파고들었다. 머리카락보다도 더 가느다란 성령의 실이, 괴력난신의 화신인 포학한 거인을 완벽하게 구속하고 있었다.

그 상황에서.

앨리스가 발사한 얼음 검이 이번에야말로 대지의 에이도스를 푹 찔렀다.

『━━━━━━━━━━끄으으읏!』

거인이 분노의 포효를 했다.

통했다. 바다의 에이도스에게는 반사를 당했던 앨리스의 성령술이, 대지의 에이도스에게는 약점이 될 수 있는 것이었다.

"좋아, 그대로 계속해! 이놈을 붙잡아놔!"

"물론이죠. 이『실잣기』는 설치하는 게 힘들지만, 그 대신 한번 달라붙으면 필승이니까. 부디 마음 편하게………… 어?"

위화감.

붉은 거인의 온몸을 옭아맨 실에서 전해져오는 미약한 반응. 거기서 뭐라 형용할 수 없을 정도로 기묘한 감촉이 느껴졌다. 그래서 리샤는 즉시 눈을 가늘게 떴다.

실이 점차 통과하고 있다.

마치 물이나 공기처럼. 실에서 전해져오는 반응이 점점 희박하게 약해지고 있었다.

대지의 에이도스는 보다시피 이렇게 완전히 구속되어 있는데.

"아~ 뭔가 불길한 예감이 드네. 앨리스리제 왕녀님, 해치울 거면 빨리……━━━━?!"

이변.

말을 꺼내려고 하는 리샤의 눈앞에서 붉은 거인이「변화」한 것은 바로 그때였다.

제8 국경 검문소, 광장 북쪽——.

이 일대는 아직도 푸른 화염의 불티가 타면서 잔디를 검게 태우고 있었다.

"한 마리 더!"

린이 한 손으로 땅바닥을 건드렸다.

흙모래가 꿈틀거리더니 두 번째 골렘이 생성되었다.

"보는 바와 같아. 골렘이 때렸더니 괴물의 표면에 금이 갔다. 성령술에 대해서는 무적이지만, 저 녀석은 물리적인 충격을 싫어해!"

"재생될 기미도 안 보여!"

이어서 말하는 네네.

푸른 거인——바다의 에이도스에게 제국군 총을 겨누면서.

"계속 쏘면 우리의 총으로도 충분히 파괴할 수 있을 거야. 대장님!"

"으, 응, 물론이지!"

네네 옆에 나란히 서는 미스미스 대장.

그리고 그 뒤에서는 진이 저격총을 들었고, 앞에서는 이스카가 버티고 있었다.

"제국 검사."

"알았어."

린과 골렘이 푸른 거인을 향해 달리기 시작했다. 똑바로 최단 거리로.

그 뒤를 이스카가 쫓아갔다.

……린의 단검, 골렘의 주먹.

……그리고 내 성검까지. 모든 것이 저 거인에게는 맹독이나 마찬가지였다.

치명타가 될 수 있다.

바다의 에이도스는 자기들의 공격을 절대로 당하면 안 될 것이다.

그럼 무엇을 할까?

영격할까? 아니면 회피할까?

……푸른 불꽃으로 영격하려고 한다면, 그 불꽃까지 성검으로 잘라버릴 것이다.

……우리를 회피하려고 도망친다면, 대장님과 네네와 진의 총알이 저놈을 꿰뚫을 것이다.

국면을 보면 압도적인 우위였다.

영격을 하든지 회피를 하든지 저놈은 결국 궁지에 몰린다. 그런 미래를 이스카는 물론이고 린과 대장과 네네와 진도 머릿속에 떠올리고──.

『*corna killsies.* 【화염/파랑】』

"……불이다! 린, 멈춰!"

린 대신 최전선에 나섰다.

굉음을 내는 푸른 불꽃이 눈앞에서 소용돌이치는 가운데, 이스카는 더 앞으로 발을 내디뎠다.

——성검으로 화염을 후려쳐 없앤다.

그런데.

화염의 표적은 이스카도 린도 아니었고, 후방에 있는 제907부대도 아니었다.

거인이 불타올랐다.

푸른 거인의 온몸이 돌연 푸른색 화염에 휩싸였다.

"앗?!"

반사적으로 멈춰 섰다.

불길이 너무 거세서 함부로 접근할 수도 없었지만, 그보다 더 중요한 것은 이 예상외의 사태가 이스카의 뇌리에 "접근하지 마라"라고 경종을 울린 것이었다. 그러는 동안에도 화염은 더욱 부풀어 올랐다. 포장도로를 태우고 벤치를 집어삼키면서 점점 주위를 불태웠다.

"……자멸인가?"

"……아니야……."

식은땀이 뺨을 타고 흘렀다.

활활 타오르는 화염에 휩싸인 **푸른 거인의 모습이 완전히 안 보**

이게 되어서──.

"위장술이다!"

"뭐?"

"린, 골렘으로 방어해!"

펑.

린의 바로 옆에서 화염이 파열했다.

타오르는 불꽃의 파도가 크게 일렁거리더니, 거기서 푸른 거인이 뛰쳐나왔다.

"앗?! 골렘!"

골렘이 린을 확 밀쳤다.

맹렬한 기세로 린이 허공을 날아가는 것과 거의 동시에, 번쩍이는 창의 일격을 맞은 골렘의 거대한 몸뚱이가 무수한 모래로 분해되었다.

"……제기랄, 화염 속에서 이동했구나!"

진에 이어서 미스미스 대장과 네네가 발포를 했다.

그 세 개의 탄환이 전부 다 허공을 갈랐다. 총탄이 발사됐을 때는 이미 바다의 에이도스는 푸른 불꽃의 소용돌이 속으로 사라졌기 때문이다.

……푸른 거인은 푸른 불꽃을 두른 채 불꽃 속에 숨어서 이쪽으로 돌진했다.

……위장술이 아니었다. 불꽃과 동화한 것이다!

"크윽!"

바로 앞의 불기둥을 검으로 베었는데도 불꽃의 기세는 약해지지 않았다.

연달아 잔디와 나무에 불이 옮겨붙으면서 화재 구역이 급속히 확대되었다. 바다의 에이도스가 자유롭게 움직일 수 있는 지배 영역이 넓어지고 있었다.

……앨리스라면?

앨리스의 얼음을 이용한다면 이 불을 끌 수 있을까?

아니, 안 된다.

바다의 에이도스는 성령술을 반사한다. 이렇게 광범위한 불을 끌 정도의 냉기를 발산했다가 그게 반사되기라도 하면, 오히려 이쪽이 심각한 피해를 입을 것이다.

"진 오빠! 저 화염 속을 저격할 수는 없어?!"

"제대로 쫓아갈 수 없어. 방해물이 너무 많아서."

화염의 굉음과 열파 탓이었다.

바다의 에이도스가 화염 속에서 전진하는 기척을 완벽하게 추적할 수 없었다. 더구나 허공에서 날아다니는 불티 때문에 시야도 가려졌다.

"네네, 불에 가까이 다가가지 마. 저 괴물이 언제 뛰쳐나올지 모르니까!"

"그, 그건 아는데…… 하지만, 불이 번져서……."

네네가 뒷걸음질 쳤다.

그러는 사이에도 불은 서서히 광장을 뒤덮어갔다. 사방팔방에서 포위하듯이.

"쳇. 보스, 물러서!"

"―――."

"이봐, 보스? ……보스?"

진이 옆얼굴을 돌려 바라본 곳에는.

미스미스 대장이 우두커니 서 있었다. 뭔가를 조그맣게 중얼거리면서, 닥쳐오는 상황을 전혀 이해하지 못한 것처럼 멍하니.

"…………불? …………포위당해? …………어라……? 어……어…….."

"이봐, 보스, 왜 그래?!"

"……아, 맞다…… 독립국가 알사미라에서………… 내가…… **그때 어떻게 했더라**……."

진이 어깨를 붙잡았는데도 반응이 없었다.

눈 깜빡이는 것조차 잊어버린 채 미스미스는 활활 타오르는 불과 마주하고 있었다.

"보스, 물러나!"

"대장님, 위험해!"

진이 오른손을 붙잡고, 네네가 왼손을 붙잡아 끌어당겼다.

미스미스 대장의 몸이 힘차게 뒤로 옮겨졌다. 그리고 1초도 안 되는 찰나의 차이로, 불꽃 속에서 에이도스가 휘두른 창이 바로 그 위치를 찔렀다.

두 사람이 움직이지 않았더라면 미스미스는 아무런 저항도 없이 창에 꿰뚫렸을 것이다.

그런데도 여전히 멍해 보였다.

"제국 검사! 대장은 왜 저래?!"

"나도 몰라. 미스미스 대장님, 왜 그래요?!"

"……!"

미스미스 대장이 눈을 크게 떴다.

이스카가 불렀기 때문이 아니다. 미스미스는 오로지 불꽃만 바라보고 있었다.

"……『So E lu emne xel noi Es.(나를 받아들여줘.)』?"

"대장님?!"

"아니, 잠깐만. 제국 검사. 설마 이 위급한 순간에……."

린이 마른침을 꿀꺽 삼켰다.

미스미스가 손으로 누르고 있는 왼쪽 어깨, 즉 성문이 있는 부위를 응시하면서.

"각성하려는 건가!"

성령술사로서 각성한다고?

제국 사람인 이스카로서는 그것이 이 상황에서 불운인지, 행운인지조차 알 수 없었다. 한편 린은 불만스럽게 얼굴을 찡그리고 있었다.

"……타이밍이 너무 안 좋아. 성령술사는 각성을 할 때 자신에게 깃든 성령의 목소리를 듣게 된다. 그 순간만은 의식이 몽롱해지면서 꿈꾸는 듯한 상태가 돼. 무방비하다고!"

"뭐라고?!"

그러고 보니 짚이는 것도 있었다.

시스벨이 『등불』로 재현했던 100년 전. 시조 에브의 각성이 그랬던 것이다.

"나는 누구냐."

"……응? 저기, 그게 무슨 뜻이야?! 에브 누나?!"

"나…… 나는…… 나……는…… 뭐지…………? 이, 인간…… 성령…………?"

친척 동생인 크로스웰의 부름에도 응하지 못했었다.

그때 그 모습이, 지금의 미스미스 대장과 겹쳐졌다.

……그런데 린이 말한 것처럼 타이밍이 너무 안 좋았다.

……하필이면 이 전투 상황에서?!

불이 사납게 타올랐다.

이쪽의 사정 따위는 무시하고, 활활 타오르는 불길이 미친 듯이 불티를 뿌려대면서 뜨거운 열파와 함께 몰려왔다.

무방비하게 우두커니 서 있는 미스미스 대장을 향해.

"미스미스!"

"대장님, 거기서 비켜요!"

린이 손을 내밀었고, 이스카가 성검을 들고 그녀를 보호하려고 앞에 섰다.

푸른 불기둥이 거대한 파도처럼 밀려왔고──.

그리고.

불이 꺼졌다.

"……어?"

성검을 꽉 쥔 채 이스카는 그 자리에서 눈만 깜빡거렸다.

무슨 일이 일어난 거지?

우리를 에워싸고 있던 불의 기세가 눈에 띄게 점점 약해졌다. 피부를 태울 정도로 강렬했던 열파도 누그러졌다.

바람이 뜨겁지 않았다.

땀이 뻘뻘 나는 열파가 이제는 마치 봄바람처럼 부드러운 미풍으로 바뀌었다.

"보스가 한 건가……!"

진이 쉰 소리로 외쳤다.

"알사미라에서도 비슷한 일이 있었어! 이스카, 이 바람이 보스의 성령술이다!"

"이게?!"

우리의 머리 위──.

그곳에서는 눈부신 푸른색 빛이 기류의 소용돌이를 일으키면서 공기 중에 꽉 차 있었다.

미스미스의 어깨에 있는 성문과 같은 색채의 바람.

"바람의 성령술? 저게 무슨 기술이지? 어째서 에이도스의 불이 사라지는 거야?!"

하늘을 우러러보며 소리치는 린.

그 심정은 이스카도 마찬가지였다. 스승님에게서 배운 방대한 성령 지식을 동원해 봐도, 이와 비슷한 성령은 생각이 나지 않았다.

그러나.

"그건 나중에 생각하자……!"

불이 튕겨 나가는 것을 확인한 이스카는 팽이처럼 몸을 비틀었다.

──바다의 에이도스.

열파도 불티도 사라졌고.

불타오르면서 넓어지던 지배 영역이 점점 축소되고 있어서, 적의 기척도 지금이라면 감지할 수 있었다.

"진!"

"거기구나."

진의 발포.

발사된 탄환이 푸른 불기둥을 가르고 그 안쪽에 숨어 있는 괴물을 꿰뚫었다.

『────────────우우우!』

분노의 포효.

불길이 세차게 흔들렸다. 안개가 걷히는 것처럼 푸른 거인의 모습이 드러났다.

『*corna killsies*.【화염/파랑】』

"또 불꽃을 두르려고? 놓칠 것 같으냐!"

린이 양손에 든 단도를 일제히 던졌다.

또 흙의 골렘이 쿵쿵 소리를 내면서 대지를 박차더니 바다의 에이도스를 향해 주먹을 치켜들었다.

남은 것은 일격.

갈라진 신체 표면에다가 정확히 일격만큼의 충격을 가하는 데 성공한다면, 이 괴물은 무수한 유리 조각이 되어 산산이 부서질 것이다.

그 마지막이어야 할 공방(攻防)의 순간에————.

이변.

이스카와 동료들의 눈앞에서 푸른 거인이 변화한 것은 바로 그때였다.

푸른 거인이 「붉게」 변했다.

투명한 바다의 푸른색이었다가 이제는 적토처럼 탁한 색깔의 거인으로 변했다.

너무나 갑작스러운 변화였다.

그리고 너무나 순간적이었다.

"……이럴 수가?!"

린의 표정이 얼어붙었다.

색깔이 붉게 변한 에이도스.

흙의 골렘의 주먹이 그 표면에 닿은 순간, 마치 폭발 같은 파괴음이 발생하면서 골렘의 팔꿈치 아래쪽이 통째로 터져 날아간 것이다.

충격이 반사되었다.

저것은 틀림없이 물리 충격을 반사하는『대지의 에이도스』의 특성이었다.

"린, 멈춰!"

"윽……!"

린이 양손을 교차시켰다. 즉석에서 생성한 모래 방패로 얼굴을 가렸다.

그러자 그 방패에 단도가 꽂혔다. 물론 대지의 에이도스가 튕겨낸 것이었다.

"맙소사?!"

네네가 당황하여 총구를 밑으로 내렸다.

이 붉은 거인에게는 총탄이 먹히지 않는다. 총을 쐈다가 총알이 반사되면 자기들만 다칠 뿐이다.

"붉은 거인이 두 마리야?!"

"아냐. 네네, 자세히 봐."

진이 저격총 총구로 가리킨 것은 대지의 에이도스의 발과 어깨였다.

거기에 꽂혀 있는 얼음 검.

게다가 그놈의 목에는 리샤의 성령술인 실이 걸려 있었다.

"……저 안쪽에 있는 놈이랑 교대한 거야!"

대지의 에이도스와 바다의 에이도스.

이 두 마리는 둘이서 하나였다. 서로의 위기를 감지함으로써 서로 몸을 바꿀 수 있는 것이었다. 즉, 이 안쪽에서 싸우고 있는 앨리스와 리샤의 눈앞에는——.

——비명.

광장 안쪽에서.

소리가 들릴 리 없을 정도로 멀리 떨어진 곳에서, 고통스러워 하는 소녀의 목소리가 들린 것 같았다.

================

성령술을 반사하는 성령술은 없다.

성령술을 반사하는 병기도 없다.

앨리스에게는——.

자신의 성령술이 고스란히 반사되어 자신에게 돌아온다는 것은, 어떤 전장에서도 경험한 적 없는 미증유의 현상이었다.

"……이럴 수가?!"

빨강이 파랑으로.

대지의 에이도스가 앨리스의 눈앞에서 바다의 에이도스의 색깔로 변했다.

쏟아지는 수십 개의 얼음 검.

그것들이 모두 바다의 에이도스의 육체에 닿자마자 사방팔방으로 튕겨 나갔다.

"……바, 방패!"

우뚝 솟아난 얼음 기둥이, 방금 반사된 얼음 검을 막아냈다.

얼음과 얼음이 충돌.

하얀 냉기가 휘몰아쳤다. 광장 일대가 마치 백야처럼 하얀 안개로 뒤덮였다.

"어휴, 왕녀님. 덕분에 살았네요. 하마터면 나까지 얼음 꼬챙이에 꿰일 뻔했어요."

"……성령의…… 힘이, 너무 강한 것도 문제구나."

구멍투성이가 된 얼음 기둥.

그 틈새로 바다의 에이도스를 쏘아보면서 앨리스는 못마땅하다는 듯이 왼쪽 팔꿈치에 손을 댔다.

조금 붉게 부어오른 열상(裂傷).

튕겨 나온 얼음 검이 너무 많아서, 반사적으로 생성한 방패로는 다 막아내지 못했다.

……자신의 성령술에 의해 자신이 다치다니.

……수치스럽구나. 마음의 상처를 입었어.

"당신의 실은?"

"쓸모가 없네요."

리샤가 실을 손으로 감아 당겼다.

한껏 늘어난 고무줄처럼 이완되어 있던 실이 매끄럽게 리샤의 손바닥 안으로 돌아왔다.

"내 실이 어떤 식으로 튕겨 나올지 궁금했는데, 저 녀석에게 닿기 직전에 튕긴 것 같아요."

바다의 에이도스에게는 성령술이 통하지 않는다.

앨리스의 얼음도, 리샤의 실도 예외는 아니었다.

"한 가지는 알았어. 저 거인에게는 약점이라고 할 만한 부위가 없어. 온몸의 어디를 공격해도 성령술을 튕겨내게 되어 있어."

"그래서 포기하려고요?"

"글쎄――벽이여, 솟구쳐라!"

오른손을 하늘로 들어 올렸다.

앨리스의 명령에 응하여 마천루처럼 높이 얼음벽이 솟아 올라갔다.

그리하여 바다의 에이도스를 포위하는 얼음 감옥이 되었다.

"성령술도 직접 부딪치지 않으면 반사할 수 없어. 그냥 가둬놓으면 되는 거지."

"흐음? 네, 그럼 그다음은 어떻게 해요?"

"뛰어!"

따라와.

눈빛으로 그렇게 신호하자마자 앨리스는 얼음으로 뒤덮인 광장을 달리기 시작했다.

"저놈을 가둬놓은 사이에 교대하는 거야. 우리가 빨강, 이스카 팀이 파랑. 서로 상대하기 편한 적에게 가는 거야."

"우리가 교대해도, 적들도 또 교대하는 거 아니에요?"

"그건 불가능해. 저 두 마리의 교대 기술은 연발이 안 돼. 발동 조건이 있거나, 또다시 발동시키려면 시간이 걸리거나 할 거야."

이를테면 앨리스의 대빙화(大氷禍).

빙화의 마녀라는 별명을 상징하는 엄청난 기술인데, 실은 그것을 발동시킬 때「대빙화의 범위 안쪽이 이미 충분히 차가워져 있어야 한다」는 비밀 조건이 있었다.

그리고 연발은 불가능. 다시 발동시키려면 최소한 한 시간의 쿨타임이 필요했다.

성령의 힘도 무진장은 아니기 때문이다.

"연발을 할 수 있었다면, 린의 골렘이 맨 처음 때렸을 때 교대했을 거야. 그런데 저놈들은 기술을 쓰지 않았어. 비장의 카드라서 온존해둔 거야."

"아하~ 그렇구나. 혜안이 있으시네요."

나란히 달리는 리샤가 감탄한 얼굴로 말했다.

"과연 마녀 공주님이라서 동족인 괴물에 대해서도 자세히 아시는구나……라고 야유하는 것도, 지금은 좀 자제할게요."

"그게 자제한 거야?!"

"네. 그런데 앨리스리제 왕녀님은 방금『우리가 빨강, 이스카 팀이 파랑』이라고 제안을 하셨는데요. 거기서 린이 아니라 이스카를 지명하시는 겁니까?"

"~~~~~~~~~?!"

소리 없는 소리가 새어 나올 뻔했다.

스스로는 전혀 의식하지 못했다. 이스카의 능력을 누구보다도 잘 알기 때문에 무심코 반사적으로 그의 이름을 선택해버렸나 보다.

"그 사람을 아시나요?"

"아, 아냐! 저기, 방금 그건…… 아아, 성가시게. 지금은 그런 것을 따질 때가——."

『*corna killsies*.【화염/파랑】』

폭풍.

계속해서 달리는 앨리스와 리샤의 등 뒤에서 불꽃이 얼음 감옥을 박살 냈다.

"……벌써 감옥을 파괴한 거야?!"

감옥에서 탈출하는 바다의 에이도스.

그 거인이 활활 타오르는 불길 속으로 모습을 감추더니——.

앨리스의 바로 옆에 있는 불기둥에서 뛰쳐나왔다.

"앗?! 추월당했잖아?!"

불길 속을 순간이동해서 나타났다.

점점 번져 나가는 푸른 불꽃은 바다의 에이도스의 지배 영역.

아마도 이 푸른 거인은 불꽃 속을 자유롭게 이동할 수 있는 듯했다.

"……보내주지 않겠다는 거구나. 그만큼 교대 작전이 싫다는 뜻인가?"

앞을 가로막는 푸른 거인.

불꽃을 두른 그 무시무시한 모습을 쳐다보면서 앨리스는 문득 숨을 내쉬었다.

"그래, 그렇다면——."

한 발의 총성이.

머나먼 곳에서 울려 퍼진 것은 바로 그때였다.

━━━━━━━━━━

제8 국경 검문소, 광장 북쪽.

그곳에서 뭐라 표현할 수 없는 기괴한 주문이 울려 퍼졌다.

『*ryphe fulis.*【번개/빨강】』

구름 사이에서 튀어나온 붉은 번개가 대기를 찢으면서 아래로 내리꽂혔다.

"아까 그 번개다! 제국 검사!"

"엎드려!"

린의 명령으로 대지가 융기했고.

그 비탈길을 박차면서 이스카는 허공으로 뛰어올랐다. 이쪽을 향해 일직선으로 떨어지는 섬광을 베기 위해 정신없이 성검을 치

커들었다.

성검의 칼날이 번개를 베었고——.

『veiz.【손톱】』

"윽!"

적토의 창.

이스카가 번개를 베는 것까지 다 예측했던 것이리라. 그 빈틈을 노려서 대지의 에이도스가 창을 던졌다. 그러나 그것이 투척되기 직전에, 한 발의 탄환이 창끝을 꿰뚫었다.

"이스카 오빠!"

"……고마워, 네네!"

지면에 착지하자마자 또다시 바닥을 박찼다.

새로운 창을 생성하는 거인을 향해 다짜고짜 한달음에 뛰어가 그 품속에 파고들었다.

『————.』

거인이 반응했다.

이스카의 접근을 확인한 순간, 창 생성도 그만두고 즉시 후퇴했다.

"이 성검 때문인가?"

역시 그랬구나.

이스카도 반쯤은 직감적으로 판단했을 뿐이지만, 물리 충격을 반사하는 대지의 에이도스에게도 성검은 통하는 것이리라.

이스카의 접근에 무서울 정도로 민감하게 반응한 것이 그 증거였다.

……성검이 통한다면.

……성령술사를 상대하는 것과 다를 것이 하나도 없다!

적의 품속에 파고든다.

온갖 공격을 베어내고, 성령술 발동을 용납하지 않는 단기 결전으로 적을 해치운다.

그런데.

거기까지 생각했던 이스카의 전술은, 단 하나의 예상외의 사태에 의해 무너졌다.

"…………윽…… 아……!"

꺼질 듯한 목소리.

이스카가, 진이, 네네가, 린이. 네 사람이 지켜보는 가운데 조그만 여대장이 힘없이 바닥에 무릎을 꿇으며 쓰러졌다.

"대장?!"

가장 가까이 있는 린이 손을 뻗으려고 하다가 한순간 머뭇거렸다.

대지의 에이도스가 눈앞에 있었다. 여기서 미스미스 대장을 받아주면 무방비해진다. 받아주느냐, 못 본 척하느냐.

그렇게 망설인 시간은 아마 0.1초도 안 되었을 것이다.

"……아아, 젠장!"

린이 쓰러지는 미스미스 대장을 받아줬다.

양손을 봉쇄당해 무방비해진 린. 그 모습을 내려다보면서 대지의 에이도스가 적토의 창을 아래로 휘둘렀다.

린의 정수리를 향해——.

"야, 알지?!"

"알아."

맑은 소리.

내리쳐진 창의 끄트머리. 그것을 이스카가 내민 성검이 막아냈다.

검과 창.

칼끝과 창끝이 서로 부딪쳐 팽팽하게 대립했다. 끼기기긱 하고 유리를 긁는 듯한 불쾌한 소리가 났다.

"린, 대장님을 데리고 뒤로 가!"

"————아냐, **그대로 있어.**"

힘겨루기를 하는 이스카와 에이도스.

목소리는 바로 그 옆에서 날아왔다.

"아무도 움직이지 마. 이스카, 넌 그 덩치 큰 괴물을 계속 붙잡아놔."

"뭐야, 진?!"

"보스는 자기 할 일을 했다. 지금부터는 부하가 활약할 차례야."

저격총을 겨누는 진.

그 총구가 똑바로 대지의 에이도스를 겨냥하고 있는 것을 보고, 모든 이들이 제 눈을 의심했다.

총탄은 어차피 튕겨 나올 텐데.

"진 오빠?!"

"그만둬, 너 지금 무슨 생각을 하는 거야?!"

"＿＿＿＿＿＿＿＿＿＿＿."

네네와 린이 큰 소리로 외쳤지만, 은발 저격수는 대답 없이 침묵했다.

아니, 애초에 들리지 않았다. 상황을 쭉 지켜보던 이스카조차도 깜짝 놀랄 만한 집중력으로, 진은 붉은 거인을 계속 응시하더니 입을 열었다.

"이 괴물에게는 제국군 무기는 안 통해. 전부 다 튕겨 나와 버려."

"진 오빠?! 그, 그래, 맞아! 그래서——."

"그래서 좋은 거 아냐?"

총성.

그렇게 선언함과 동시에 발사된 한 발의 탄환이 마치 빨려 들어가는 것처럼 대지의 에이도스를 향해 허공을 가르며 날아갔다.

충돌, 그리고 반사.

튕겨 나온 탄환이 진의 뺨을 스치더니, 그대로 네네와 린 사이의 공간 정중앙을 통과하는 궤도로 광장을 가로질러 갔다. 그리하여 더 머나면 안쪽의————.

바다의 에이도스를 꿰뚫었다.

무슨 일이 일어난 걸까?

모두가 자기 눈을 의심했을 것이다.

총탄을 튕겨낸 대지의 에이도스도.

총탄을 맞은 바다의 에이도스조차도 방금 무슨 일이 일어났는지 이해하지 못한 것이 틀림없었다.

"뭐, 이런 거지."

단 한 사람——.

대지의 에이도스를 이용해 반사된 탄환으로 멋지게 적을 명중시킨 저격수 혼자만 담담하게 고개를 끄덕이고 있었다.

"반사각은 아까 확인했으니까."

『——————————우우우!』

단말마.

쩌억…… 빠직…….

총알을 맞은 바다의 에이도스의 몸 표면에서 빛의 파편이 잇따라 떨어져 나왔다.

그러나. 아직 괴물은 쓰러지지 않았다.

육체가 붕괴되고 있는데도 불꽃 속으로 뛰어들어 사라졌다.

그 직후. 의식을 잃은 미스미스 대장을 여전히 끌어안고 있는 린의 바로 뒤에서, 아직도 활활 타오르고 있는 불꽃이 살짝 흔들렸다.

"린, 뒤를 조심해!"

바다의 에이도스의 기습.

그놈이 들고 있는 창의 끝부분이 두 갈래로 분열됐고. 그것들이 각각 린과 미스미스 대장을 한꺼번에 찌르려고——.

"걔는 내 동료야."

"내 시종이야."

창이 허공을 갈랐다.

돌연 뻗어 나온 성령의 실이, 꼼짝도 못 하는 린과 미스미스 대장을 휘감아서 즉시 둘 다 뒤로 끌어당긴 것이다.

게다가 지면에서 튀어나온 얼음벽이 적의 창끝을 막아냈다.

"사도성 님은 일을 참 편하게 하시네."

"넌 일을 참 잘했어. 진진."

성령의 실을 감아 당기면서 리샤가 대꾸했다.

그 뒤에서는 휘몰아치는 바람에 머리카락을 휘날리는 앨리스가 걸어오고 있었다.

『우우우웃!』

쓰러져가는 바다의 에이도스.

그 육체가 확 타올랐다. 푸른 육체가 푸른 불꽃 그 자체로 변했다.

자폭 기술.

붕괴된 육체를 연료로 삼아 맹렬한 불꽃을 피워냄으로써 린과 미스미스 대장까지 한꺼번에 태워버리려는 것처럼 쓰러졌다. 그것을——.

"이스카!"

"응."

굳이 말하지 않아도 안다.

앨리스의 목소리에 등을 떠밀리는 식으로 이스카가 검은 성검을 휘둘렀다. 그것은 불덩이로 변한 에이도스의 거대한 몸뚱이를 일도양단했다.

『―――.』

바다의 에이도스, 소멸.

그러나 아직 끝나지 않았다.

또 한 마리. 대지의 에이도스가 거의 완벽한 형태로 남아 있었다.

"오너라, 『하늘의 지팡이』여."

머나먼 상공.

어리기는 해도 한없이 강력한 언령(言靈)을 지닌 목소리. 모두가 무심코 그쪽을 돌아봤다.

그렇다.

그러고 보니 가장 위대하고 강한 이 성령술사가 있었다.

"귀찮구나. 아직도 안 끝났나?"

시조 네뷸리스.

조그만 소녀가 오른손을 들자, 그 손안에서 구불구불한 검은 지팡이가 형성되었다.

설마.

"잠깐, 네뷸리스?!"

"딱 한 번만 온정을 베풀어주마. 엎드리는 게 좋을 거다."

엎드려!

누가 그렇게 소리를 질렀는지 확인할 새도 없이, 그 자리에 있는 전원이 몸을 던져 바닥에 엎드렸다.

1cm라도 더 낮게 머리를 숙이고, 대지의 에이도스에게서 더 멀리 떨어지려고 했다.

귀를 막고 눈을 감자——.

창공에서 하늘의 지팡이가 투하되었다.

대기가 비명을 질렀다.

세계의 종말을 연상시키는 굉음과 더불어 대지가 갈라지고, 작열과 극한이 뒤섞인 바람 및 충격파가 지팡이의 낙하지점을 중심으로 휘몰아치기 시작했다.

지독한 빛과 충격.

눈을 감았어도 정신이 아득해질 정도였다——.

"…………."

눈을 떴더니.

남아 있는 것은 거대한 크레이터.

이스카가 몸을 일으켰을 때는 이미 대지의 에이도스는 흔적도 없이 소멸해버렸다.

4

연기가 피어나는 크레이터.

절구처럼 생긴 구덩이를 조심조심 내려다보던 네네가 잠시 후 이쪽을 돌아봤다.

"……굉장히 이상한 기분이야. 시조가 우리를 도와준 건가?"

"그건 결과론이지. 본인이 그럴 마음이 있었는지는 의문이야."

잔해들 위에 걸터앉은 진이 한마디 했다.

그 옆에는 역시나 잔해들을 의자로 삼아 앉아 있는 시스벨이 있었다. 그녀는 누워 있는 미스미스를 가만히 바라보고 있었다.

"시스벨, 대장님은 어때?"

"걱정할 필요 없어요. 이스카. 성령술사로서 각성한 인간에게서 흔히 볼 수 있는 쇼크 증상입니다. 이렇게 갑자기 의식을 잃는 것은 좀 드문 일이지만요."

"……그렇구나."

허파 속에 꽉 채워졌던 숨을 토해냈다.

이 제8 국경 검문소로 날아온 다음부터 쭉 이어졌던 긴장이 이제야 겨우 조금이나마 해소된 듯한 기분이었다.

그리고 아마 저 안쪽에 있는 소녀들도 같은 심정일 것이다.

"앨리스 님, 때늦은 질문입니다만, 어째서 여기에 계시는 거죠?"

"린, 이런 때에는 우선 '다치신 곳은 없습니까?'라고 물어보는 것이 바람직한 시종의 태도야. 참고로 난 다친 곳은 없어."

"……그렇게 대답하실 줄 알았어요. 그래서 생략한 겁니다."

옷에 묻은 먼지를 떨어내는 앨리스.

그 뒤편에서 대기하고 있는 린은 다소 어처구니없다는 얼굴이었다.

"저는 앨리스 님이 황청에서 기다려주시기를 바랐습니다."

"하지만 걱정이 됐는걸. 시조가 눈을 떠서 제국을 습격하려고 했으니까. 그래서 왕궁을 뛰쳐나온 거야. ……그런데 **이게 대체 어떻게 된 거지?**"

앨리스가 의심하는 눈초리로 쏘아봤다.

그 시선의 끝에서는, 제국과 황청이라는 양대 강국의 상징인 존재들이 철책에 등을 기댄 채 나란히 서 있었다.

『방관하는 거 아니었어?』

"눈에 거슬렸어. 단지 그뿐이다."

『제국을 멸망시킨다는 마음은 이제 바뀌었어?』

"멸망시킬 거다."

『하지만 제국의 원흉은 이미 사라졌을지도 몰라. 천수부에서 기다릴 테니까 이야기를 들으러 와줘.』

"내가 응할 것 같나?"

『어차피 한가하잖아?』

좀처럼 믿기 어려웠다.

천제 융메룽겐과 시조 네뷸리스라는 불구대천의 원수 관계여야 할 두 사람이, 마치 지인 같은 거리감으로 대화를 나누고 있으니까.

그것이 앨리스로서는 틀림없이 이해가 안 갈 것이다.

……그렇구나. 앨리스 혼자만 두 사람의 관계를 모르는 것이다.

……우리는 시스벨의『등불』을 통해 100년 전의 사건을 봤으니까.

시조와 천제는 옛날부터 알고 지낸 사이.

단, 100년 전에 결별했다. 실제로 앨리스가 불안해하는 것처럼, 언제 어떤 일을 계기로『개전(開戰)』을 하게 될지 모르는 적대 관계인 것은 확실했다.

"……시간 낭비야."

갈색 소녀가 퉁명스러운 말투로 한마디 내뱉었다.

철책에서 몸을 떼고 일어서더니.

"융메룽겐. 나는 제국을 용서할 마음은 없어. 그러나……."

『그러나? 뭔데?』

"제국보다 먼저 없애야 할 상대가 생겼다. 알아서 준비나 해둬."

빙글 돌아섰다.

천제 융메룽겐에게 등을 보이는 그 한순간에 시조의 눈이 힐끔 이쪽을 보는 것 같았다. 그건 자신의 착각일까.

"제국은 싫다. 여기 있고 싶지 않아."

마치 토라진 어린아이처럼──.

감정이 노골적으로 드러나는 말투로 말하더니, 시조 네뷸리스는 공간의 균열 속으로 모습을 감췄다.

『달이 이지러지고
태양이 어두워진다』

the War ends the world /
raises the world

1

불길한 예감은 들었다.

달이 이지러졌던 어젯밤부터 왠지 가슴이 답답해지는 오한을 느꼈었다.

"……전멸이라니…… 대체 어떻게 된 거야……?"

대륙을 종단하는 고속도로도 이제 거의 끝나 가는데——.

이대로 자동차를 달리면 앞으로 한 시간 이내에 제국 검문소가 보일 것이다. 그런 상황에서 샤놀로테는 대형차를 급히 세우고 운전석에서 밖으로 뛰쳐나왔다.

제국 제8 국경 검문소——.

목적지 방향을 쳐다보면서 샤놀로테는 숨을 삼켰다.

"잠깐만, 뭐야?! 가면 경과 키싱 님이 있는데 전멸했다고……? 도대체 무슨 일이야?!"

『……정보 수집 중이다.』

통신 상대는 조아 가문의 첩보 부대.

제국으로 향하는 샤놀로테와는 별개로, 달의 탑에 남아서 루와 히드라의 동향을 감시하고 있던 별동대였다.

『가면 경의 연락이 두절됐다. 열다섯 명의 정예부대도. 아무도 연락이 되지 않아.』

"……농담이지?"

식은땀이 뺨을 타고 흘렀다.

믿을 수 없었다.

전혀 상상도 못 했던 보고였다. 목구멍이 경련하여 쉰 소리가 나왔다.

"아, 아니, 잠깐만…… 시조님이 제도로 향하셨잖아?! 그러니까 우리도 제도를 습격해서, 붙잡혀 있는 동지를 구출할 절호의 기회라고……."

『그럴 예정**이었지**.』

"키싱 님이 있잖아?! 제국군…… 사도성이 나타났어도, 아무도 생환하지 못하고 전멸한다는 것은 말이 안 돼!"

『그래서 우리도 지금 혼란스럽다고!』

분노한 고함 소리.

통신기 너머에서 테이블을 쾅 치는 소리가 났다.

『……샤놀로테…… 너는 예정대로 제8 국경 검문소까지 가라.』

"가서 어쩌라고?"

『정예 부대가 전멸했다면 그곳에 반드시 흔적이 남아 있을 것이다. 철저히 정보 수집을 해라. 그리고…… 만에 하나, 아니, 억에 하나 우연히 통신기가 모조리 파손돼서 연락을 못 하게 됐을 가능성도 있으니까.』

"……혹시 그런 상황이 아니라면?"

정말로.

정말로 가면 경과 키싱과 부하들이 전멸했다면?

『————.』

통신 상대가 입을 다물었다.

『우리의 당주 그로울리 경은 제국군의 왕궁 습격에 의해 행방불명되고 말았다. 당주님이 안 계셔서 조아 가문이 흔들리는 와중에 스스로 당주 대리인이 된 사람이 가면 경이다. 지휘관이라는 측면과 참모라는 측면에서도, 또 성령 부대에게 신뢰를 받는다는 점에서도 현재의 조아 가문은 가면 경의 수완에 의해 성립되고 있어.』

"맞아."

『키싱 님은 조아의 비장의 카드이다. 루의 앨리스리제, 히드라의 미젤히비. 그 두 사람과 콘클라베에서 대등하게 겨룰 수 있는 왕녀는 키싱 님밖에 없어.』

"그래서 어떻게 되는 거냐고 물어보고 있잖아. 가면 경도 키싱 님도 다 사라졌다면!"

『——————.』

두 번째 침묵은 첫 번째보다 더 길었다.

얼마나 계속 기다렸을까.

한참 후, 체념한 듯한 달관의 한숨이 통신기를 통해 들려왔다.

『조아는 끝이다.』

"……!"

탕!

통신기를 바닥에 패대기치는 소리를 마지막으로 그 통신은 일방적으로 끝나버렸다.

"……웃기지 마. 통신기를 던지고 싶은 사람은 나라고!"

아직도 머릿속 생각이 정리가 안 됐다.

이 엄청난 현실을 마음이 받아들이지 못해서 머리가 백짓장처럼 하얗게 변해버리는 것을 스스로도 느꼈다. 이런 상황에서 다시 운전을 시작하면 틀림없이 사고가 날 것이다.

"도대체 무슨 일이 일어난 거야……?"

주먹을 꽉 쥐었다.

손바닥에 손톱이 파고드는 아픔을 느끼면서 샤놀로테는 어금니를 악물었다.

"……조아는 끝이라고? 인정할 수 없어, 그런 것은 절대로 인정 못 해!"

만약에.

만약에 정말로 끝이라면.

그냥 다른 것도 다 끌어들여서 끝내버리자. 마지막으로 화려하게 날뛰어주마.

2

　네뷸리스 왕궁——.

　태양의 탑, 눈부신 아침 햇살이 비치는 테라스에서.

　"이것 참……. 별과 달. 다 같이 밑으로 가라앉고 싶진 않은데."

　히드라 가문의 당주『파도』탈리스만.

　아주 격식 있는 순백색 양복을 입은 모습. 뚜렷한 이목구비와 잘생긴 얼굴. 탁한 금빛 머리카락을 깨끗이 정돈한 그 외모는 나이 마흔이 되어 절정에 다다른 남성미가 넘쳐흐르고 있었다.

　그런데.

　지금은 그 늠름한 남자의 표정이 과거에 그 누구도 본 적 없을 정도로 험악하게 일그러져 있었다.

　"팔대사도의 연락이 끊겼다. 제국의 국경에 도달한 조아 가문의 대부대가 이유는 몰라도 괴멸을 당했다. 그곳에 있던 제국군도 한꺼번에. ……자, 그러면. 미지."

　"네, 숙부님."

　정면에 앉아 있는 왕녀가 대답했다.

　——미젤히비 히드라 네뷸리스 9세.

　뚜렷한 이목구비, 그리고 눈에 띄게 파란 감청색 머리카락을 지닌 소녀였다.

　태어날 때는 탈리스만과 같은 금발이었지만, 그 몸에 깃든 강력한 성령이 발현됨과 동시에 머리색이 푸르게 변했다.

히드라 가문의 차기 당주이자 차세대 여왕 후보.

그런 그녀를 향해.

"간단히 물어보마. 너는 **같은 일**을 해낼 수 있느냐?"

"아뇨."

"앨리스 군은 할 수 있을까?"

"아뇨."

즉답이었다.

미젤히비 왕녀가 머리를 두 번 좌우로 흔들었다.

"팔대사도는 제국을 뒤에서 조종해온 최고 권력자. 그들을 고작 몇 시간 만에 제거하고, 심지어 조아의 부대와 제국군을 한 명도 남기지 않고 괴멸시키다니……. 어떻게 하면 그토록 무자비하고 강력한 거사를 해낼 수 있을까요. 그것은 인간 능력의 한계를 뛰어넘는 행위입니다."

"그렇지. 나도 그게 올바른 해석이라고 생각한다."

탈리스만이 커피잔에 손을 댔다.

손만 댔을 뿐이지 잔을 들어 올리지는 않았다. 그 정도로 깊은 사색에 집중할 수밖에 없는 상황이었다.

"별의 중추에 있는 재액의 힘은 인간에게 깃드는 것이 아니다. 그러나 수백 명이나 되는 피험자 중에서 유일하게 일리티아 군만 적합할 가능성이 있었다."

"켈비나가 보고서에 그런 내용을 적어놨었지요."

단, 여기서 적합이란 것은「육체가 망가지지 않는다」는 뜻이었다.

지나치게 강한 그 힘 때문에 일리티아의 정신이 망가져서, 다른 사람이 그것을 자유롭게 제어할 수 있을 거라는 생각을 했었다. 그래서 팔대사도도 찬동한 것이었다.

최강의 꼭두각시인형을 손에 넣으려고.

그러나 그 예상은 빗나갔고――.

진짜 마녀 일리티아라는 괴물이 탄생하고 말았다.

"……재액의 힘이 그녀를 집어삼킬 거라고 생각했는데, 설마 그녀가 힘을 지배하는 입장일 줄이야."

가볍게 탄식을 했다.

이렇게 한숨을 쉬는 것은 탈리스만이 당주가 된 이후로 몇 년만인지 몰랐다.

"지금 나는 오랜만에 초조함을 느끼고 있어. 뭐든지 계획대로 되지는 않는단 말이지. 어때? 비소와즈."

"그렇죠~. 이거 생각보다 더 위험한 상황 아닌가요?"

테라스에 서 있는 세 번째 참가자.

비소와즈라고 불린 붉은 머리 소녀가 테라스의 난간에 기대었다.

오른쪽 귀에는 피어싱, 왼쪽 귀에는 커다란 링 귀걸이. 공격적인 눈매는 난폭한 깡패를 연상시켰는데, 사실 이 소녀의 정체는 인간이 아니었다.

피험자 Vi.

과거에 일리티아와 같은 종류의 시술을 받은 소녀였다.

"일리티아 군과 같은 입장인 자네가 그렇게까지 말할 정도로 심각한 사태인가?"

"어이쿠, 당주님. 그런 말씀은 하지 마세요. 저는 기껏해야 실패작 중 하나입니다. 저와 일리티아를 동일시한다면 당주님도 팔대사도의 전철을 밟게 될 거예요."

"그러지 않기 위한 지혜가 필요한데."

"없습니다. 이제 단독으로는 아무도 막을 수 없는 괴물이 되었을 테니까요. 함부로 건드렸다가는 우리도 전멸할 거예요."

속수무책이다.

그렇게 말하고 싶은 것처럼 붉은 머리 소녀는 어깨를 으쓱했다.

"그런데 역설적으로 말하자면, 뭔가를 하려면 당장 해야 해요."

"무슨 뜻인가?"

"진짜 마녀는 **한층 더 진화할 겁니다.**"

"…………."

"그녀는 아마도 별의 중추로 향할 겁니다. 거기서 재액의 힘을 더 많이 얻기 위해서지요. 그렇게 되면 끝이에요. 제국도 황청도 하룻밤 만에 멸망할 겁니다."

"그렇군. 앞으로는 더 강해지기만 할 테니까 『지금』이 가장 약하다는 건가."

당주가 팔짱을 꼈다.

미젤히비와 비소와즈가 지켜보는 가운데 그는 말없이 사색을 계속하더니.

"……팔대사도. 터무니없는 것을 만들어냈구나."

두 번째 탄식을 흘리며 자리에서 일어났다.

"비소와즈, 일리티아 군의 위치는 알아낼 수 있나?"

"으음…… 좀 전에 말씀드린 바와 같아요. 일리티아는 아마도 별의 중추에서 재액과 접촉하려고 할 겁니다. 이 지상에서 별의 중추로 들어가는 방법은 하나밖에 없죠."

"볼텍스인가."

그렇게 대답한 사람은 미젤히비였다.

탈리스만과 마찬가지로 아침 햇살에 물든 테라스에서 일어나면서 말했다.

"아직 누가 건드리지 않은 볼텍스를 찾아내서, 거기서 **역류**하여 별의 중추까지 내려간다. 인간이 할 수 있는 짓은 아니지만, 그 여자라면 분명히 해낼 거야. 그렇죠? 숙부님."

"추적 검토를 서둘러 해야겠구나."

탈리스만이 몸을 돌렸다.

왕녀와 부하를 거느리고 태양의 당주는 눈부신 테라스를 뒤로 했다.

그러나. 세 사람은 눈치채지 못했다.

자신들이 사색에 잠겨 있는 동안에 그 머리 위에서 어느새 태양이 어두워졌다는 사실을.

별과 달을 삼켜버린 어젯밤의 그 먹구름이——.

태양마저 뒤덮어가는 광경을, 지상의 『태양(히드라)』은 그 누구도 알아차리지 못했다.

Chapter.4

『포로 이상, 손님 미만』

the War ends the world /
raises the world

제국, 제8 국경 검문소.

그곳에 도착한 제국군 응원 부대가 목격한 것은 마치 천재지변이 휩쓸고 지나간 것처럼 황폐한 광경이었다.

갈라지고 깨진 포장도로.

차량이 장난감같이 뒤집혀 있었고, 잔디밭은 불에 타서 숯덩이가 되어 있었다.

그리고 특히 광장에 생긴 거대한 크레이터가 눈에 띄었다.

"이것을 전부 다 시조가 한 짓이라고 해? 이봐, 괜찮아? 사도성 씨."

"아~ 괜찮아, 진진. 폐하가 그러라고 하셨으니까. ……아, 거기 의료팀. 부상자를 실어서 의료 기관으로 보내줘. 우리는 다른 헬기에 탈 테니까 기다리지 않아도 돼."

얼굴을 찌푸리는 진에게 리샤는 느긋한 말투로 말했다.

"일리티아라는 괴물을 공개해봤자 귀찮아지기만 할걸?"

"……그건 그래. 애초에 그 녀석을 그렇게 만든 원흉도 팔대사도였지?"

"응, 맞아. 배후 조종자가 사라져버린 거야."

그러니까 시조에게 모든 책임을 떠넘기자는 것이다.

시조 네뷸리스가 옆에 있는 제7 국경 검문소를 습격한 것은 사실이고, 그 모습은 수많은 제국군이 목격했다.

전 세계에 대한 공식 발표의 내용은 그것으로 하는 것이 제일 간단했다.

"아, 거기 제2 통신팀, 사령부와 연결이 됐으면 내가——."

"리샤 씨."

바쁘게 지시를 내리는 리샤.

그때 등 뒤에서 이스카가 말을 걸었다.

"물어보고 싶은 것이 하나 있어요. 중요한 것은 아니지만……."

"응? 왜, 이스캇치?"

"천제 폐하와 스승님이 안 보이는데요."

"폐하는 한발 먼저 돌아가셨어. 아무래도 모습이 좀 그렇다 보니. 이스캇치, 네 스승님은 폐하가 돌아가시기 전에 무슨 이야기를 했는데, 그 이야기가 끝난 뒤 어딘가로 사라졌어."

"어휴, 스승님은 왜 그렇게 섬세함이 부족할까?!"

스승님에게 물어보고 싶은 것이 산더미같이 많았다.

시스벨의 성령술로 100년 전 제국에서 무슨 사건이 발생했는지는 대충 알았다.

단, 중요한 것이 남아 있었다.

……별의 중추에 있는 재액이란 무엇인가.

……스승님뿐만이 아니었다. 시조나 일리티아도 그것에 신경

쓰고 있었다.

이스카는 그에 관한 이야기를 듣지 못했다.

스승님과 시조 네뷸리스의 대화를 통해 단편적으로 그 존재를 알았을 뿐이다. 자신이 가지고 있는 성검이 그 재액을 쓰러뜨릴 희망이라고 했다.

그런데 그때.

"이봐, 천제의 참모."

린이 상처 치료를 마치고 나타났다.

그 등 뒤에는 똑같이 이쪽으로 오고 있는 앨리스의 모습도 있었다.

"확인하고 싶은 것이 있다."

"제국군의 기밀 및 나의 연령과 체중을 제외한 것은 뭐든지 물어봐도 돼."

"저 녀석들의 처우이다."

린이 턱짓으로 저 뒤쪽을 가리켰다.

제국군 응원 부대가 운반하고 있는 조아 가문의 성령 부대.

……시조의 등장을 틈타서 제국으로 쳐들어오려고 했나?

……그러다가 진짜 마녀와 딱 마주쳤고?

진짜 마녀로서는 팔대사도를 제거하고 나서 **내친김에** 해치워 버린 사냥감이었을 것이다.

우연히 만났으니까 괴멸시켰다.

너무나 부조리하고 일방적인 잔학 행위에 휘말려버린 그들의 불운은 자업자득이면서도 왠지 묘하게 동정이 갔다.

"조아 가문의 궐기는 우리 여왕님의 뜻에 반하는 행위이다. 더구나 이렇게 제국군한테 붙잡혀버렸으니, 그 녀석들에게 자비를 베풀어 달라고 부탁할 마음은 없다. 단, 비인도적인 행위를 할 생각이라면——."

"아~ 그건 걱정하지 않아도 돼."

리샤가 태평하게 손을 휘휘 저었다.

혼수상태에 빠진 조아 가문의 부대를 나르는 것은 제국군 의료 부대였다.

"그들은 성령증(星靈症) 연구 기관으로 갈 거야. 뉴턴 실장은 성령 마니아니까, 저런 희귀한 성령증이라면 적이든 아군이든 구별 없이 연구…… 아무튼 정성껏 대해줄 거야."

"잘못된 취급은 하지 마라."

"네, 네, 물론이죠. ……오? 이렇게 떠드는 사이에 우리를 데려갈 헬기가 왔네?"

리샤가 상공을 우러러봤다.

이스카도 잘 아는 대형 수송기가 서서히 고도를 낮추고 있었다.

우리는 이 헬기를 타고 제도로 귀환할 것이다.

그리고.

"……여기서 헤어져야겠네요. 이스카."

뒤를 돌아봤더니.

불그스름한 금빛 머리카락을 휘날리는 왕녀가 당장이라도 부서질 것처럼 덧없는 미소를 지으며 이쪽을 쳐다보고 있었다.

"우리는 이 국경을 통과해 황청으로 돌아갈 거예요. 어마마마가 걱정하고 계시고, 특히 일리티아 언니의 소식을 전달해야 하니까요."

"……응, 그래."

그렇다.

본디 그것이 시스벨과의 「호위」 약속이었다.

알사미라에서 했던 계약이 이렇게 긴 여행이 될 줄은 몰랐다. 맨 처음에는.

"미스미스 대장은 아직도 쓰러져 있나요?"

"의식은 돌아왔어. 지금은 네네와 진이 간호하고 있으니까 걱정할 필요 없어."

"그 세 사람에게도 고맙다는 말을 전해주세요. 자, 린. 당신도."

"네?"

시스벨이 자기 이름을 부르자 린은 어리둥절하여 눈을 깜빡거렸다.

"당신도 감사 인사를 해야지요."

"……제가요?! 대체 왜!"

"천제의 방에서 아주 편안하게 잘 살았던 것 같은데요. 날마다 맛있는 밥을 먹으면서."

"저는 포로가 됐던 건데요?! 아, 아무튼, 그건 오해입니다! 저는 이 녀석들에게 전혀 신세를 진 적이 없어요!"

린이 새빨개진 얼굴로 주장했다.

"앨리스 님, 앨리스 님도 뭐라고 한마디 해주세요!"

"_____."

"……저, 앨리스 님?"

위화감을 느낀 린이 그쪽을 돌아봤다.

바로 옆에서 금발 머리 왕녀가 말없이 가만히 고개를 숙이고 있었다. 시스벨과 린의 대화도 안 들리는 것 같았다.

"앨리스?"

"!"

이스카가 말을 건 순간, 방금까지 그 누구의 목소리에도 반응하지 않았던 앨리스가 "꺅" 하고 깜짝 놀란 것처럼 가볍게 제자리에서 뛰었다.

"어, 왜, 왜?! ……너 말이야. 그렇게 갑자기 말을 걸면……."

"나만 그런 게 아니라 린도 그랬어. 아까부터 계속."

"뭐?"

"……흐음."

린의 눈빛이 돌연 차가워졌다.

"제가 불러도 반응을 안 했으면서, 제국 검사가 불렀더니 반응하시는 겁니까?"

"그런 거 아니거든?! ……그냥 우연이야. 잠시 생각을 좀 하느라 멍해졌던 거야!"

앨리스가 금빛 머리카락을 힘차게 휙 날렸다.

그런데 그녀가 센 척을 하는 순간, 그 옆얼굴이 어쩐지 무력해 보였던 것은 나의 착각인 걸까.

"……황청으로 돌아가야지. 가자, 린. 시스벨."

앨리스가 몸을 돌렸다.

그런 줄 알았는데. 갑자기 망설이는 것처럼 몇 초의 여운을 남기더니, 네뷸리스의 왕녀는 그 차분한 옆얼굴을 돌려 이쪽을 쳐다봤다.

"이스카…… 입장상 자세한 이야기는 할 수 없지만, 이번에는 너에게 빚을 졌다고 생각해. 린과 여동생을 도와줘서 고마워."

"그건 결과적으로 그렇게 된 거야. 우리도 살기 위해 그것을 선택한 거지."

"……그렇구나."

훗 하고 미소를 짓더니.

그대로 검문소 게이트로 향했는데——.

『아, 잠깐만.』

리샤가 붙잡고 있는 통신기에서.

좀 전에 사라졌던 천제의 음성이 들려왔다.

"어머나, 폐하? 한발 먼저 돌아가신 거 아니었어요?"

『멜른은 천수부에 있어. 그건 그렇고 리샤, 아직 황청의 왕녀들은 거기 있어? 특히 앨리스리제 왕녀 말인데.』

"……나?"

앨리스가 긴장한 표정으로 돌아봤다.

"제국의 지도자가 나를 지명한 건가?"

『네 언니가 왜 그렇게 되었는지, 궁금하지 않아?』

"……!"

앨리스가 숨을 들이켰다.

무슨 말을 들어도 동요하지 않으려고 했을 테지만, 그 이야기만은 도저히 태연한 얼굴로 흘려듣기가 어려웠던 것이리라.

"반대로 내가 물어보고 싶어. 당신은 무엇을 얼마나 알고 있는 거야?"

『너보다는 사태의 핵심에 가까운 편이지. 왜냐하면, 알잖아? 멜른은 이런 꼴이니까. 네 언니와 비슷한 괴물이야.』

"나, 남의 언니를……!"

『괴물이라고 부르지 말라고? 주위를 한번 봐. 네 등 뒤에서 운반되고 있는 제국군도 성령 부대도 모두 다 일리티아의 희생자가 되었어. 무차별적으로. 그런데도 너에게는 이것이 만행이 아닌 것처럼 보이니?』

"그, 그건……."

앨리스가 우물거렸다.

실은 이미 알고 있을 것이다. 일리티아는 더 이상 자신이 아는 언니가 아니란 것을.

『나쁜 이야기를 하려는 것은 아니야. 그 괴물에 관해서 멜른이 아는 것을 전부 가르쳐줄게. 리샤를 따라 천수부로 오렴.』

"네?!"

"뭐라고?!"

맨 먼저 반응한 사람은 시스벨과 린이었다.

천제가 암암리에 드러낸 의도는, **황청으로 돌려보낼 마음이 없다는 것.** 천수부, 즉 제도로 앨리스를 부르겠다는 뜻이었다.

"······지금 나더러 제국군의 포로가 되라는 건가?"

『포로 이상, 손님 미만이지.』

천연덕스러운 웃음소리.

『아, 맞다. 앨리스리제 왕녀. 넌 빙화의 마녀지?』

"············."

앨리스가 입을 다물었다.

빙화의 마녀는 제국군의 모든 이들이 두려워하고 증오하는 존재이다. 지금 여기서 "네"라고 대답하는 것이 얼마나 위험한 일인지.

그런 앨리스의 갈등을 훤히 꿰뚫어 본 것처럼──.

『일단 지금만은 서로 원망하지 말기로 하자.』

통신기 너머의 음성은 한없이 온화했다.

옆에서 듣고 있는 이스카가 왠지 맥이 빠질 정도로 담담했다.

『네가 날뛰지 않겠다고 맹세한다면 우리도 무례한 짓은 하지 않을 거야. 네가 원하는 만큼의 자유를 약속할게.』

"······무슨 생각을 하는 거지?"

『멜른은 말이지, 지금 굉장히 타산적인 이야기를 하고 있어.』

그 한순간.

이빨을 드러내며 웃는 수인의 얼굴이 모두의 뇌리에 떠올랐을 것이다.

『네가 네 언니를 쓰러뜨려줬으면 좋겠어.』

자매 전쟁.

천제는 지금 피를 나눈 자매의 처참한 미래를 선언한 것이었다.

『아까 그 장면을 보고 떠올린 거야. 일리티아는 아직 가족에 대한 사랑을 완전히 버리지는 못한 것 같아. 그러니 일리티아에게 보내는 자객으로는 가장 적합하잖아? 네 언니를 토벌하기 위해서 너에게 필요한 정보를 제공해줄게.』

조심스러움이라곤 전혀 없는 제안.

그것을 생각하는 데 얼마나 시간이 필요했을까. 리샤가 건네준 통신기를 받아든 앨리스는 홋 하고 힘없이 쓴웃음을 지었다.

"⋯⋯과연 제국은 달라. 마녀를 다루는 방식이 무자비하구나."

『네 언니는 이제 곧 너의 조국을 멸망시킬 거야, 알지?』

"_____."

『제국만 지킨다, 황청만 지킨다 하는 차원을 넘어선 거야. 둘 다 지키거나 둘 다 멸망하거나 둘 중 하나지. 싫으면 그냥 돌아가도 돼. 마지막 순간을 조국에서 맞이하는 것도 네 자유야.』

"내가, 언니를……."

두 번째 침묵.

고개 숙인 채 입을 다문 앨리스. 그곳에 있는 모든 사람들의 시선이 그녀에게 집중됐다.

"나는──."

앨리스가 충분히 뜸을 들였다가 입을 열려는 순간.

그녀를 제치고 붉은 금발 머리 소녀가 끼어들었다.

"그, 그렇다면! 내가 남을게요!"

『오? 그 목소리는 시스벨 왕녀인가?』

"네, 접니다!"

시스벨이 가슴에 손을 대고 말했다.

"일리티아 언니는 변해버렸어요……. 아니, 혹시 그것이야말로 언니의 본성이었다고 한다면, 동생인 내가 막아야 해요!"

『오~?』

천제가 유쾌하다는 듯이 호응했다.

『너의 성령은 전투에는 적합하지 않잖아? 그런데 굳이 사지(死地)로 가겠다는 거야?』

"전투 이외의 지원은 가능합니다. 그리고 일리티아 언니를 막기 위한 논의에는…… 황청의 그 누구보다도, 천제, 당신이 더 적합하다고 판단했습니다."

『똑똑하구나. 정확하게 이해했어.』

"실제로 내 능력이 아직도 필요하지 않나요? 언니의 힘을 분석

하는 데에도 도움이 될 텐데요."

『그 다부진 마음은 높이 평가한다. **미적지근한 제2 왕녀와는 확실히 달라.**』

"당연하죠!"

제3 왕녀가 기회는 지금이다! 하고 가슴을 펴고 말했다.

"겁쟁이 앨리스 언니 대신에 내가…… 끄읍?"

"거, 거, 거…… 겁쟁이라니이이이? 대체 누가?!"

이번에는 앨리스 차례였다.

의기양양하게 말을 꺼낸 동생의 뺨을 양손으로 꽉 눌러주면서 잡아먹을 듯이 쏘아봤다.

"나는! 너랑은 달리 생각이 깊은 거야!"

"흐음? 언니, 지금 일리티아 언니 때문에 겁먹은 거예요?"

"겁먹은 적 없어! ……어휴, 그래, 알았어."

앨리스가 숨을 크게 내쉬었다.

린에게 눈짓을 하고 나서, 손에 쥔 통신기를 노려봤다.

"제국 어디로든 마음대로 데려가 봐. 단, 정중하게 대해줘. 무례한 짓을 하면 온 힘을 다해 날뛸 거야."

Intermission

『휘 어 져 버 려 진 가 시』

the War ends the world /
raises the world

1

제도, 군립 제3 병원.

이 제도에 존재하는 유일한 「성령증」 전문 병원이었다.

성령술 중에서도 매우 특수한 『저주』 『세뇌』 『독』 등은 사용자의 숫자는 적은데 치료하기가 몹시 어려웠다.

고로 이 병원의 의사들은 그런 성령증에 대응하기 위한 전문의들이었다.

그 병원의 제2병동에서.

"자~ 이제 바빠지겠네. 이것은 과거에 전례가 없는 성령증이니까."

창백한 빛으로 가득 찬 복도.

유백색 타일에 부딪쳐 울려 퍼지는 명랑한 목소리. 그곳에서 야윈 남자가 종종걸음으로 걸어가고 있었다. 옆에는 백의를 입은 조수를 대동하고──.

"현장은 제8 국경 검문소. 사건 발생은 약 일곱 시간 전. 그렇지? 미카엘라 군."

"네."

"희생자는 39인. 국경 검문소를 경비하던 제국 병사 20인. 그리고 제국령으로 침입하려고 했던 네뷸리스의 정예 부대가 19인. 이들이 전멸했다. 공통 증상은 『원인 불명의 혼수상태』. **절대로 눈을 뜨지 않아.** 지금까지 어떤 것을 시도해봤나?"

"이름을 부르는 것을 포함한 소음. 어깨를 두드리는 것 등의 외부적 충격. 약물 투여 등에 의한 강제적 각성. 전부 다 효과가 없었습니다."

"좋아."

여성 군의관 미카엘라가 거침없이 대답하자, 야윈 남자가 만족스럽게 고개를 끄덕였다.

"그럼 미카엘라 군, 진료기록부를 줘봐."

"뉴턴 실장님."

"응, 왜?"

"지금 실장님이 손에 들고 계신 것이 진료기록부입니다."

"어이쿠? 아, 맞다. 생각에 잠기면 깜빡 잊어버린다니까. 아~ 이를테면 그런 거야. 안경을 쓴 채 안경을 찾으러 다니는 현상."

미카엘라에게 지적을 당하자, 수염 난 실장은 쓴웃음을 지었다.

──사도성 제10위.

서(Sir) 칼로소스 뉴턴 연구실장.

통칭 「제일 허약한 연구원」. ──바람만 불어도 부러질 듯한 어깨와 팔뚝을 봐도 알 수 있듯이, 사도성이라는 최상위 전투원 중에서는 예외적인 문관이었다.

"범인은…… 시조 네뷸리스?"

"표면적으로는 그렇게 보고가 되었죠. 좀 전에 리샤 님이 연락을 주셨는데, 사건의 진상은 팔대사도가 극비리에 연구하던 피험자의 폭주. 구체적으로는 네뷸리스 황청의 제1 왕녀 일리티아라고 합니다."

"미지의 마녀……란 말이지."

뉴턴 실장이 낮게 신음했다.

"이번 성령증과도 합치하는군. 과거에 전례가 없어. 아마도 팔대사도가 연구했던 것은, 기존의 마녀를 뛰어넘는 마녀일 거야. 제8 국경 검문소에서 습격을 당한 39인은 운이 없었다고 할 수밖에 없지만, 그나마 목숨이라도 건졌으니 운이 좋았던 거겠지."

"운이 좋은 건가요?"

"암, 운이 좋고말고. 적어도 나는 그 39인을 적절히 진단하고 연구해서 완전히 회복시킬 생각이니까."

양팔을 벌리고 노래하듯이 이야기를 계속하는 깡마른 연구자.

그 남자가──.

통로 안쪽에 있는 방 앞에서 걸음을 멈췄다.

"특히 중요한 것은 이 소녀야. 마녀 일리티아의 능력을 코앞에서 경험했으면서도 무사히 도망치는 데 성공한, 유일하게 살아남은 증인. 아아…… 아, 물론 나머지 39인도 살아 있긴 하지만, 말을 할 수 있는 사람은 하나밖에 없으니까."

"조심하세요."

그렇게 말하는 조수 미카엘라는 당당하게 권총집을 허리에 차고 있었다.

"순혈종입니다. 겉모습은 어린 소녀이지만, 단독 전력은 그 유명한 빙화의 마녀에도 필적할 정도로 위험하다고 리샤 님이 말씀하셨습니다."

"오싹오싹 흥분되는데? 아주 좋아."

"성령 봉인의 수갑을 삼중으로 채워놨습니다……만, 순혈종의 힘을 어디까지 억제할 수 있을지는 모릅니다. 일단 감시 카메라로 지켜보고 있는데, 어떤 적이나 이변을 확인했을 때는 발포하는 것도 허가되어 있습니다."

"이 마녀의 이름은?"

"보고에 의하면——."

미카엘라가 손에 들고 있는 보고서를 내려다봤다.

"키싱……입니다."

잠긴 문을 열었다.

끼익…… 하고 무거운 소리를 내면서 중후한 금속 문이 점점 열렸다.

——마녀 취조실.

네모난 테이블, 그리고 한 세트로 준비된 간소한 의자 두 개.

천장에는 감시 카메라가 세 대. 또 성령 에너지 검출기가 천장과 바닥의 네 귀퉁이에 각각 설치되어 있었다.

"실례할게. 귀여운 아가씨."

뉴턴 실장과 미카엘라가 방 안으로 들어갔다.

그곳에는 의자에 앉아 미동도 안 하는 검은 머리 소녀가 있었다.

사랑스러운 외모. 작지만 혈색이 좋은 입술. 만약에 길거리에서 마주친다면 저도 모르게 돌아볼 정도로 귀여웠다.

그러나.

그 검은 머리 소녀는 내내 고개를 숙인 채, 뉴턴과 미카엘라가 들어와도 전혀 반응하지 않았다.

"컨디션은 어때? 우리를 보호하기 위해 어쩔 수 없이 자네에게 수갑을 채우긴 했는데, 그 외에 뭔가 바라는 것이 있으면 들어줄게."

"_____."

"그리고 안심해도 돼, 아가씨. 자네에게 위해를 가할 생각은 없으니까. 아, 이건 상투적인 말처럼 들리나? 하기야 고전적인 회유 표현이란 점은 부정하지 않을게."

"_____."

"본론으로 들어갈까. 아가씨, 우리 제국은 말이지. 자네와 협력하기를 원해."

뉴턴이 의자에 앉았다.

테이블을 사이에 두고 소녀의 맞은편에.

"자네들은 제국령에 침입하려고 했다. 그래서 제8 국경 검문소에 도착했는데, 거기서 운 나쁘게도 괴물과 마주치고 말았다. 그렇지?"

"!"

움찔 하고.

검은 머리 소녀가 바르르 떨었다. 뉴턴 실장은 그 반응을 놓치지 않고 확인했다.

겁을 먹은 것이다.

제국군을 벌벌 떨게 만드는 순혈종이, 저토록 깊은 마음의 상처를 입을 정도의 괴물.

"자네는 그 괴물의 능력을 봤을 거야."

"————."

"우리는 그 정보를 원해. 쓰러진 환자들을 치료하는 데 필요한 단서이거든. 그 환자 중에는 물론 자네의 동료인 성령 부대도 포함되어 있어."

"…………동……료……."

소녀가 처음으로 목소리를 냈다.

"…………숙부님……."

"응? 숙부님이라니, 그게 누구인가?"

"—————."

"아차, 미안하네. 너무 깊이 파고드는 것은 원치 않는 분위기구면."

뉴턴 실장은 일부러 세게 헛기침을 했다.

그리고 몇 초쯤 기다렸다가.

"제국군에 협력한다는 것은 말도 안 된다……는 심리적 장벽이 아가씨 마음속에 있을지도 모르지만. 그래도 이것은 그렇게 거창한 것이 아니야."

"_____."

"이것은 전략적 호혜이다. 단순히 서로 유익한 것을 주고받는 것이지. 자네는 자네가 본 마녀의 비밀을 제공한다. 우리는 그것을 바탕으로 혼수상태가 된 환자를 회복시킬 수단을 연구한다. 그러면 자네의 동료도 되살아날 거야. 어때, 이 정도면 둘 다 행복해지는 길이지 않나?"

"_____."

소녀는 다시 침묵했다.

한순간의 두려움과 말 한마디가 잠깐 튀어나오긴 했지만, 그것은 샘의 수면에 발생한 파문 같은 것이었다. 수면이 다시 잔잔해지는 것처럼 소녀의 표정은 금방 깊은 그림자로 뒤덮여버렸다.

말을 할 마음이 없다.

아니다. 말을 할 기력이 송두리째 사라져버린 것이다. 그런 인상을 받았다.

그런데 그때.

"아~ 이봐이봐, 이봐!"

시끄러운 목소리와 발소리가 이쪽으로 다가왔다.

"뉴턴, 잠깐 실례 좀 할게!"

야성미 넘치는 여군이 호쾌하게 문을 뻥! 걷어차서 열더니 안으로 뛰어 들어왔다.

사도성 제3위『쏟아지는 폭풍우』메이.

난잡한 긴 머리카락과 구릿빛 피부. 입술 사이로 언뜻 드러난 송곳니는 기묘하리만치 길쭉했다.

그리고 탱크톱 같은 전투복의 밖으로 튀어나온 팔뚝은 강철처럼 단단했다. 형형하게 빛나는 안광까지 포함해서 마치 고양잇과 대형 육식동물처럼 보였다.

그 메이가 눈을 반짝반짝 빛내며 입을 열었다.

"뉴턴! 진짜로 그 마녀를 붙잡은 거야?!"

"응? 자네가 웬일인가, 메이 군. 천제 폐하의 호위 임무를 팽개치고 이런 음침한 곳에 오다니."

"아~ 그야 호기심 때문이지. 덤으로 좀 놀리려고 왔어."

의기양양하게 취조실로 들어와서.

수갑이 채워진 채 앉아 있는 마녀를 내려다보더니, 메이는 "우와!" 하고 소리를 질렀다.

"저는 키싱 조아 네뷸리스 9세라고 합니다."

"좋아, 그럼 가르쳐줄게. 내 별명이『쏟아지는 폭풍우』인 이유를."

목숨을 걸고 싸웠던 사이.

제국군의 네뷸리스 왕궁 습격 작전 당시. 달의 탑으로 향했던 메이와 사투를 벌였던 사람이 바로 이 키싱이었다.

당시에는 둘 다 다치고 무승부로 끝냈었는데――.

"와~ 이거 놀랍네. 진짜 걔잖아? 어떻게 붙잡았어?"

원수인 마녀를 들여다보는 사도성.

"오랜만이네~ 아가씨. 어휴~ 그때는 방해꾼이 끼어들어서 아쉬웠지. 아니, 그런데 넌 나랑 결판을 내기도 전에 붙잡힌 거야? 아니면 뭔데? 설마 일부러 붙잡혀서 나를 만나러 온 거야?"

"――――."

어린 마녀는 대답하지 않았다.

좀 전과 마찬가지로 가만히 고개를 숙이고 침묵했다. 그러나 메이는 개의치 않고 한층 더 흥미진진하다는 듯이 얼굴을 바싹 들이밀었다.

"이봐, 대답을 해봐, 응? 넌 그런 수갑으로 구속당했어도 실은 성령술을 쓸 수 있잖아? 한낱 어중이떠중이들과는 차원이 다르니까. 내가 제일 잘 알거든? 그렇게 무저항인 척하지 말고 당장 나를 공격해봐. 응?"

"――――."

"이봐, 아가씨. 아직도 눈치 보는 거야?"

메이가 몸을 구부렸다.

고개를 들려고 하지 않는 마녀의 얼굴을 유쾌하다는 듯이 들여다봤다. 그러나. 잠시 후 뉴턴과 미카엘라는 그런 메이의 표정이 어두워지는 광경을 목격하게 되었다.

메이의 표정이 처음에는 의아해하는 표정으로. 그것이 서서히 불쾌한 표정으로 변화하더니. 최종적으로는——.

쾅!

눈앞의 테이블이 돌연 천장으로 날아가 처박혔다.

"꺅?!"

비명을 지르며 몸을 움츠리는 조수 미카엘라.

"도, 도도…… 도대체 뭐 하는 겁니까, 메이 님?! 테이블은 왜 부숴요?!"

"짜증나서."

메이가 일어나면서 뻥 차버린 테이블이 산산조각 났다.

그 잔해가 후드득후드득 미카엘라와 뉴턴의 머리 위로 떨어져 내렸다.

"……재미없네."

메이가 중얼거렸다.

방금 그 파괴에도 전혀 반응하지 않는 검은 머리 소녀를 차가운 눈빛으로 내려다보더니.

"완벽하게 망가졌잖아."

"응?"

"이 녀석은 심문해봤자 소용없어. 아무것도 안 남았거든. 에너지도 기력도 다 빠져나간 빈껍데기야……. 아~ 괜히 왔다."

대놓고 한숨을 푹 내쉰 뒤.

"놀릴 가치도 없어. 그럼 안녕, 뉴턴아. 뒷일은 잘 부탁한다."

대답을 듣지도 않고 뒤로 돌아섰다.

그리고 왠지 쓸쓸해 보이는 발걸음으로 사도성 제3위는 복도 저쪽으로 사라져갔다.

그로부터 15분 후——.

아무리 불러도 계속 침묵만 지키는 마녀 때문에 결국 뉴턴과 미카엘라도 협상을 단념하고 그 방을 떠나게 되었다.

2

밤이 찾아왔다.

새파란 창공을 뒤덮는 검은 장막이 스르르 지평선 끝으로 내려왔다.

달이 빛나는 시간.

어린 시절에 '밤은 무섭지 않다'는 것을 배웠었다. 밤하늘에서 빛나는 달이 틀림없이 지켜줄 테니까.

달의 보호를 받는 일족.

그것이 조아 가문이라고 배웠고, 그것을 믿으면서 살아왔다.

……그런데 어쩌지.

……이제는 믿을 수 없었다. 믿고 싶어도 믿지 못할 정도로, 밤

이 무서웠다.

그 녀석 때문이다.

"별의 레퀴엠을 들려줄게."

"!"

오싹 하고 전신을 덮치는 오한. 키싱은 온몸을 부들부들 떨었다.

또다시 기억나고 말았다.

루 가문의 제1 왕녀 일리티아⋯⋯⋯⋯의 목소리를 지닌 괴물.

알 수 있었다.

자신의 특성은 『눈』. 눈에 성문이 깃들었다는 매우 희귀한 육체적 특징을 가짐으로써, 자신은 성령 에너지의 흐름을 볼 수 있게 되었다.

시조님 : 그 누구보다도 크다. 맹렬하다. 태풍.

천제 : 작다. 그러나 웅대하다. 산맥.

앨리스리제 : 크다. 아름답다. 얼음꽃.

미젤히비 : 크다. 화려하다. 태양.

시스벨 : 작다. 덧없다. 반딧불.

그 외의 성령 부대 : 아주 작다. 각양각색.

그런데 그 녀석은, 안 된다. 일리티아의 온몸에서 뿜어져 나오는 힘은 성령 에너지가 아닌 「무언가」로 변모하고 있었다.

어마어마하게 사악한 것.

사신(死神)이나 악몽이라는 표현이 잘 어울릴 것이다. 눈만 마주쳐도 죽음을 각오할 정도였다.

그러나.

자신은 살아 있다.

어째서?

자신이 강하기 때문에? 그건 아니다.

남이 도와줬다?

상대가 봐줬다?

아니다.

누군가가 감싸줬기 때문이다.

"…………숙부님."

차가운 바닥.

거의 새까만 어둠으로 뒤덮인 방 안에서 네 발로 엎드려 엉금엉금 기었다. 방구석에 있는 침대──그곳에는 인공호흡기를 달고 누워 있는 남자가 있었다.

얼굴의 오른쪽 절반을 덮은 큰 화상 자국.

젊은 시절에 제국군과 싸우다가 부상을 당한 흔적이라고 들었다.

그 상처가 너무 흉했으므로, 남들의 눈에 띄는 왕족 신분인 그는 화려한 가면으로 상처를 숨기기 시작했다. 그 후로 그는 스스로 냉소적인 농담이라도 하듯이 자신을 이렇게 불렀다.

──가면 경이라고.

그 가면을 벗은 맨 얼굴.

제국군에게 맨 얼굴을 보여주는 것은 그에게는 죽도록 끔찍한 굴욕일 것이다. 하지만 그렇게 하지 않으면 인공호흡기를 달 수가 없었다.

"…………숙부님."

화상 자국을 어루만졌다.

그만두렴, 키싱——그렇게 말하면서 그가 눈을 뜨지는 않을까. 그런 부질없는 희망이 어차피 자신의 이기적인 욕심이란 것은 알고 있었다.

눈을 뜨지 않았다.

그때 그 순간, 광장에 있는 조아 가문의 정예병은 전부 다 괴멸될 터였다.

그랬는데.

"별의 레퀴엠을 들려줄게."

"도망쳐, 키싱! 너만은————!"

가면 경 온의 성령은 『문』이다.

마녀 일리티아의 『별의 레퀴엠』이 발동되기 직전에, 키싱의 눈 앞에서 공간이동의 문이 열렸다.

그대로 의식을 잃었고…….

정신을 차려 보니, 자기 혼자만 멀리 떨어진 곳에 있었고. 자신을 제외한 모든 인간이 쓰러져 있었다.

"……으읏…… 어째서…… ."

목구멍 안쪽에서 오열이 흘러나왔다.

"……숙부님…… 숙부님은…… 도망칠 수 있었잖아요……?"

한 사람은 도망칠 수 있었다.

자신이 도망칠 수 있었을 텐데.

"……저를 구하기 위해…… 숙부님은, 자신을 희생하신 건가요…… ."

낮이 지나고.

밤이 되어서.

또다시 아침이 찾아오더라도, 틀림없이 눈을 뜨지는 않을 것이다. 영원히.

"————죄송해요!"

둑이 터졌다.

희미하게 빛나는 소녀의 얼굴에서 굵은 눈물이 흘러넘쳤다.

"죄송해요…… 죄송해요, 죄송해요, 죄송해요………… 제가, 제가, 너무 약해서! 숙부님은 괴로우셨죠? 지금도 괴로우시죠…… 저는………… 그런데도, 아무것도 할 수가 없어요!"

무력함을 알았다.

훌륭한 성령이라고. 여왕이 되어야 할 그릇이라고 항상 찬양을 받았던 소녀는, 자신이 얼마나 약한 존재인지 뼈저리게 깨닫게 되었다.

그리고.

또 하나 깨달은 것이 있었다.

"……숙부님…… 저는 알게 되었어요……. 이토록 무서운 것이, 이 세상에 있었군요……."

그것은 괴물의 존재인가?

죽음에 직면한 공포인가?

아니, 아니다.

"무서운 것은…… 혼자라는 것……."

쓰러진 가면 경.

아무리 이름을 불러도, 얼굴의 상처를 만져도 눈을 뜨지 않았다. 더 이상 이름을 불러주지 않는 것이다. 머리를 쓰다듬어주지 않는 것이다.

그것을 눈치챘을 때, 이해했다.

그 마녀 일리티아를 이기지 못한다는 절망보다도──.

죽음에 직면했던 공포보다도──.

"저는 고독이 무서워요. 숙부님이 없는 세계가 싫어요……."

죽음보다도, 그 무엇보다도.

영원히 혼자 살아가는 고독이 훨씬 더 괴롭다. 그 사실을 깨달았다.

"……숙부님은 화를 내실지도 모르지만."

가면을 잃은 그의 손을 잡았다.

아직도 떨리는 양손으로 그 손을 힘껏 부여잡았다.

"저는 수단 방법을 가릴 만한 능력이 없습니다. 저는 무슨 수를 써서라도…… 숙부님의 원수를 갚고 싶어요."

먹구름이 걷히고.

달빛이 비치는 감시실에서, 달의 왕녀는 고개를 들었다.

Chapter.5

『앨리스가 모르는 관계』

the War ends the world /
raises the world

1

수송 헬기 내부——.

제도로 향하는 수송기 안에서 리샤가 갑자기 이쪽을 향해 손짓했다.

"미스미스, 이스캇치, 진진, 네네땅. 중요한 이야기를 하고 싶은데. 잠깐 이리 와볼래?"

"내키지 않는군."

맨 먼저 일어난 사람은 진이었다.

"당신이 『중요한 이야기』라고 말하는 것은 처음 듣는다. 천제가 그런 모습이란 것을 보여줬을 때도 당신은 태연했었잖아? …… 어지간히 위험한 이야기인가 봐?"

"응, 맞아. 미리 말해둘게. 이거 안 좋은 이야기야."

리샤가 어깨를 으쓱했다.

평소 같으면 무사태평해 보였을 그 동작도 지금은 어색해 보였다.

"미스미스, 너에게 물어볼까. 진짜 마녀가 제국에게 준 피해는 어느 정도라고 생각해?"

"응? 그건, 어……."

미스미스 대장이 즉시 생각에 잠겼다.

"제국 의회를 지배하고 있던 팔대사도가 사라졌으니까…… 제국 상층부가 혼란에 빠졌겠지?"

"응. 하나는 정답이네."

"그리고 제8 국경 검문소의 주둔 부대가 전멸해서 제국군도 타격을 입었어."

"그건 반쯤은 오답이야."

"……뭐?"

"그냥 타격이 아니라 큰 손해야. 심각하다고 해도 과언이 아니지. 그것도 천제 폐하가 서둘러 제도로 돌아갔던 이유 중 하나일 정도야."

헬기 창문 너머로.

리샤의 눈은 제국의 시가지를 내려다보고 있었다.

"자, 이번에는 이스캇치에게 물어볼까."

"……무엇을요?"

"진짜 마녀는 제도의 지하 5,000m에 있는 제국 의회에서 팔대사도와 전투를 했다. 그 전투 장면은 시스벨 왕녀의『등불』을 통해 확인했잖아?"

"네."

"거기서 뭔가 신경 쓰이는 것은 없었어? 이를테면 말이지, 진짜 마녀는 지하 5,000m나 되는 깊숙한 지저까지 들어왔잖아. 이제는 인간이 아니니까 땅속을 통과하는 것도 이상하진 않지만, **그럼 대체 어디서 들어왔다고 생각해?**"

"네? 그야 당연히 지상에서————⋯⋯⋯⋯."

말이 도중에 끊겼다.

의도적으로 중단한 것이 아니었다. 말을 하려는 순간, 머릿속에 떠오른 「어떤 가능성」이 너무나 무서웠기 때문에 목구멍이 경련해서 목소리가 찌부러진 것이다.

제국 의회에 도달하려면 우선 지상에서 지저로 깊숙이 파고 들어가는 수밖에 없다.

그것은 당연했다.

⋯⋯그런데 거꾸로 생각해보면.

⋯⋯**제국 의회 바로 위에는 무엇이 있나?**

생각해볼 것도 없었다.

왜냐하면 팔대사도에게 불려갈 때마다 자신은 언제나 제국군 기지에서———.

"⋯⋯중앙 기지."

"맞아. 제907부대 여러분이 평소에 늘 훈련하거나 회의를 했던 기지. 진짜 마녀는 거기서 침입한 거야. 어, 그래서 말인데. 제국과 황청을 둘 다 멸망시키려고 하는 녀석이, 과연 지나가는 길에 있는 중앙 기지를 그냥 내버려 두고 통과했을까?"

"⋯⋯⋯⋯."

끈적끈적한 식은땀이 뺨을 타고 흘렀다.

제8 국경 검문소의 참극이 저절로 다시 떠올랐다.

중앙 기지에 침입한 진짜 마녀에게는, 그곳에 있는 수천 명이나 되는 제국 병사들은 전부 다 사냥감에 불과했을 것이다.

그런 표적을 만났을 때 하는 행동은——.

"……………리샤야. 그거, 농담이지?"

덜덜 떨리는 입술로 그렇게 입을 연 사람은 미스미스 대장이었다.

"……설마…… 중앙 기지에 있는 사람들까지."

"20%."

리샤의 대답은 지독하게 단적이었다.

"진짜 마녀가 침입했을 때 중앙 기지에 있었던 사람은 전체 인원의 약 60%. 40%는 나와 마찬가지로 외부 임무를 수행하거나 출장을 나가서 자리를 비웠어. 그래서…… 실제로 진짜 마녀에게 반격하려고 나선 병사는 겨우 몇십 명밖에 안 되었지만. 피해는 그 정도로 그치지 않았어. **말려든 사람들이 있었지.**"

진짜 마녀가 발휘한 정체불명의 힘.

그것이 충격파처럼 중앙 기지 일대로 퍼져나갔고, 그 결과 진짜 마녀의 공격과는 상관없는 병사들까지도 희생되고 말았다.

"증상은 예의 그것과 같아. 눈을 뜨지 않는 혼수상태."

"그게 20%란 말인가."

진이 좌석에 다시 앉더니 한숨을 푹 내쉬었다.

"흔한 통설에 의하면, 조직의 30%에 해당하는 숫자가 사라지면 그 조직은 기능 정지 상태가 된다. 전장에서는 『전멸』인 셈이지. 그럼 20%는 언제? 사도성 씨."

"거의 기능 정지 직전인 대혼란이야."

리샤가 씁쓸하게 웃었다.

평소답지 않게 초조한 음성으로 말을 이었다.

"그 20% 중에는 간부나 대장도 당연히 포함되어 있어. 명령 계통도 마비 직전이야. 그래서 내가 하고 싶은 말이 무언가 하면, 기지의 상태를 봐도 놀라지 말라는 거야."

그러자 때마침.

리샤가 내려다보는 지상에서 제국군 중앙 기지가 보이기 시작했다.

2

중앙 기지.

헬기에서 내린 이스카가 본 것은, 아무것도 달라지지 않은 기지였다.

파괴되고 불타고 파손된…… 그런 외부적인 피해는 전혀 눈에 띄지 않았다. 기지의 외벽은 멀쩡해 보였다. 연습장의 잔디도 푸르렀고, 부지 구석에는 꽃이 피어 있었다.

유일하게 달라진 점은——.

기지의 부지 안에 사람이 거의 없다는 것이었다.

"혼수상태에 빠진 환자들을 간호하고 수송하느라 난리가 났거든. 움직일 수 있는 사람은 연락이나 회의를 하느라 정신없이 바쁘고. 지금 기지 바깥에서 한가하게 돌아다니는 사람이 있다면, 농땡이 부리는 놈이거나 황청의 스파이일 거야. 어느 쪽이든 당장 체포해야지."

"……그 정도로 심각해요?"

부지를 가로질러 나아가는 리샤.

그 옆에서 나란히 걸으면서 이스카는 주위를 계속 둘러봤다.

평소에는 군용차가 이리저리 왔다 갔다 하는 차도도 지금은 마치 산책로처럼 텅 비어 있었다.

"그리고 팔대사도가 소멸한 것도 또 나름대로 골치 아픈 문제야."

리샤가 살짝 쓴웃음을 지었다.

"이이제이라는 말이 있잖아? 그 극악무도한 악당들이 눈을 번뜩이고 있었기 때문에 그 밑의 악당들은 마음대로 활동하지 못하고 주눅 들어 있었거든. 그런데 팔대사도가 사라졌으니, 제국 의원 중의 야심가라든가 범죄자가 기회는 이때다! 하고 움직이기 시작할 거야. 한동안 제도의 치안에도 영향을 줄지도 몰라."

"리샤 씨. 그렇다면……."

"응?"

"만약에 말인데요. 이 상황에서 네불리스 황청의 대군이 쳐들어오면……."

"그건 엄청난 위기일 테지. 제도까지 함락되지는 않더라도, 어쩌면 주도(州都) 몇 개는 빼앗기지 않을까?"

결코 과장이 아니었다.

제국 상층부가 대혼란에 빠졌고.

제국군에서도 수많은 희생자가 발생한 현재, 황청과의 교전은 피하고 싶었다.

"이스캇치는 눈치챘을 테지만, 폐하가 그 마녀 자매를 제도에 남겨두고 싶어 했던 것에도 그런 상황적인 이유가 있었던 거야."

"……아마 본인들도 알고 있을 겁니다."

두 왕녀인 앨리스와 시스벨.

그들이 제국에 있는 동안에는 황청도 섣불리 이쪽을 건드리지는 못할 것이라는 획책이었다.

"사실 인질로 삼기에는 너무 위험한데요……."

"그래서 이스캇치한테 부탁하는 거지."

잔디밭을 밟고 나아가는 리샤.

"그 왕녀들을 감시하려면 사도성이 세 명 정도는 필요할 텐데, 지금 사도성은 사령부와 협력하여 명령 계통을 회복하느라 바빠. 게다가 제1위도 빠져버렸고. 공석이 된 제1위의 자리를 어떻게 하느냐 하는 것도 긴급한 과제야. 어, 그래서!"

리샤가 급정지를 했다.

그리고 천수부 방향을 가리키더니.

"마녀 세 사람은 천수부에 있으니까. 네가 감시해줘, 이스캇치!"

"천수부요? 거기서 날뛰었다가는 정말로 큰일 나는데……."

"달리 숨길 곳이 있어? 네뷸리스 황청의 마녀를 제국군이 받아 줬다는 이야기가 외부로 널리 퍼지기라도 하면 난리가 날 텐데?"

"……뭐, 그건 그렇지만요."

"자, 어서 가, 가. 마녀들이 날뛰지 않도록 고삐를 매줘."

너무 쉽게 말하는 거 아냐?

이스카는 그런 내적인 투덜거림을 한숨으로 바꾸면서 리샤에게 등을 보였다.

통칭 『창문 없는 빌딩』.

그것이 천수부이자, 천제 융메룽겐이 은둔 생활을 하는 궁전이다.

약속 장소인 입구에서——.

"우리 네 사람은 기구 Ⅰ사(師)로 이동한다고 했지."

"뭐?"

진이 다짜고짜 꺼낸 한마디에 이스카는 반사적으로 되묻고 말았다.

"진, 다시 한번 말해봐."

"우리 기구 Ⅲ사 제907부대는 오늘 정오부로 기구 Ⅰ사에 배속되었다. Ⅲ사 소속인 채로 천수부에 드나들면 동료들에게도 의심받을 테니까."

"…………."

"설마 사도성 씨한테 못 들은 거냐? 그 사람이 발안자인데."

"전혀 못 들었어."

하하…… 하고 무심코 쓴웃음을 지었다.

……리샤 씨는 절대로 뭔가를 깜빡하고 말을 안 할 사람은 아니다.

……놀라게 해주려고 일부러 말을 안 했던 거구나.

이스카와 동료들의 소속은 기구 Ⅲ사.

이것은 제도에서 변방으로 파견되는 응원 부대이다. 네우르카 수해나 뮈드르 협곡으로 파견됐던 것도 그런 예였다.

Ⅰ사는 제국 상층부 전임 수호 부대.

즉, 정예 중의 정예 부대이다.

"우리는 Ⅰ사 중에서도 『천제 경호 부대』야. 우리의 지휘관은 사령부가 아니라 사도성이고. 이 배속이면 천수부에도 당당하게 들어갈 수 있지."

"리샤 씨가 우리의 상사야?"

"그런 거다. 제국군으로서는 승진이자 파격 발탁이야. 원하는 바는 아니지만."

진이 신분증을 문에 가까이 댔다.

삑! 하고 소리를 내면서 천수부의 문이 열리는 광경이 벌써 믿기지 않았다.

Ⅲ사의 권한으로는 열리지 않는 문.

이미 자신의 소속은 Ⅰ사로 바뀐 모양이었다.

"……대장님은 먼저 안에 들어가 있어?"

"제국 사령부에 갔어. 우리 네 사람의 이동 수속을 세 시간 만에 끝내라고 했거든. 보스 혼자서는 도저히 어쩔 수 없으니까 네네가 같이 갔어."

"아, 그래서 두 사람이 없어진 거구나."

"앞으로 두 시간은 더 기다려야 해. 우리 먼저 안에 들어가서 기다리라고 했어."

천수부 안으로 입장——.

겨우 몇 시간 전까지도 이 건물 안에 있었는데, 리샤의 동행으로서 들어왔던 저번과는 상황이 전혀 달랐다. 지금은 천제 경호 부대의 일원으로서 들어온 것이다.

텅 빈 복도.

수십 미터나 되는 복도를 둘러봐도 아무도 지나가고 있지 않았다.

뚜벅…… 뚜벅…….

이스카와 진의 구두 소리만 울려 퍼지는 복도. 경비원이나 사무원은 하나도 없었다.

그런 줄 알았는데.

"어라? 뭐야, 아는 사람이네."

복도 한가운데에 야성미 넘치는 여군이 책상다리로 털퍼덕 앉아 있었다.

사도성 제3위, 『쏟아지는 폭풍우』 메이. 한때 사도성 말석이었던 이스카와는 당시 동료 사이였었다.

"……메이 씨. 어, 안녕하세요. 오랜만입니다."

"저기~ 이스카."

그 메이가 이쪽을 보자마자 "휴" 하고 성대하게 한숨을 푹 내쉬었다.

그러더니 완전히 기력이 다 빠져버린 말투로.

"뭔가 대립하는 긴장감이 없는 것도, 재미가 없구나."

"네?"

"……업무 보고. 천수부 경비는 나와 제2위, 또 리샤까지 셋이서 지휘하고 있어. 그러니까 너랑 네 동료들은 그 밑에서 일하게 될 거야…… 휴……."

"네, 그럼 그 제2위는요?"

"그 녀석은 천수부 밖에서 대기 중. 나보다 더 마녀를 싫어하거든. 천제 폐하가 사정상 데려온 마녀라는 것은 알아도, 막상 얼굴을 보면 무작정 덤벼들 거야. 그래서 폐하의 명령으로 바깥 경비를 하게 된 거야. 그래서 내부 경비는 우리가…… 어휴……."

메이의 한숨은 이게 몇 번째일까.

"지금 나 엄청나게 기분이 다운됐거든. 이스카야, 너 천수부는 처음 와본 것도 아니지? 길 안내는 생략한다. 알아서 잘 가봐."

"……알겠습니다."

메이는 바닥에 앉은 채 뒤를 돌아보려고도 하지 않았다.

거기서 좀 더 전진하다가 유리 연결 통로를 지나——.

사중 탑 최상층 『비상비비상천(非想非非想天)』.

그곳에 들어가자, 즉시 강한 풀 냄새가 코를 찔렀다.

천제의 방.

기본적으로 붉은색인 그 넓은 방으로 한 발 들여놓은 순간──.

"이봐, 천제! 이게 도대체 어떻게 된 거냐?!"

린의 고함이 울려 퍼졌다.

"이 천수부의 4층 사무실을, 앨리스 님과 시스벨 님이 머무는 객실로 개조하겠다고 말한 사람은 바로 너였잖아?!"

『맞아. 그래서 개조 책임자인 너에게 모든 것을 맡기겠다고 했잖아.』

다다미 위에 누워 뒹굴뒹굴하고 있는 천제가 귀찮다는 듯이 눈을 떴다.

『낮에 전투를 할 때 봤잖아? 멜른은 지금 컨디션이 최악이야. 이제 그만 자게 해줘.』

"주문해둔 앨리스 님의 옷장이 아직 안 왔어!"

『지금 준비시키고 있다니까.』

그리고 늘어지게 하품을 했다.

『자, 알았지? 알았으면 이제 그만 멜른은 잠을──.』

"천제! 천제! 내 인형은 어디 있죠?!"

이어서 시스벨이 참전했다.

눈을 감으려고 하는 은색 수인에게 달려가더니.

"나는 인형이 없으면 잠을 못 자요. 주문해도 될까요!"

『……마음대로 해.』

"그럼 카펫과 소파도 주문해도 되나요?!"

『…………난 이만 잘래.』

"앗?! 저기요, 잠깐만요! 내 이야기는 아직 안 끝났거든요?!"

수인이 몸을 둥글게 말고 누웠다.

그러자 시스벨이 그의 어깨를 흔들었다. 그 광경을 본 진은 조그맣게 "반려동물이랑 같이 노는 어린애인가?" 하고 중얼거렸고, 이스카도 전면적으로 동의했다.

"자, 그럼 어쩔래? 이스카."

"뭐를?"

"우리가 감시해야 하는 대상은 세 명. 그중 두 명이 여기 있고 나머지 한 명이 안 보이잖아. 그 녀석은 어쩔 거야? 감시자가 없다고 나쁜 짓을 할 만한 녀석처럼 보이진 않았는데."

"……그 사람은 앨리스리제 왕녀야. 아마 문제는 없을 거라고 생각해."

앨리스라고.

하마터면 익숙한 호칭으로 부를 뻔했지만, 그건 당연히 진에게는 비밀이었다.

"일단 내가 가볼게. 진, 너는 여기서 시스벨과 린을 맡아줘."

"괜찮겠어?"

"날뛰지는 않을 거라고 생각해. 무슨 일 있으면 당장 연락할게."

아직도 소란을 피우는 린과 시스벨을 놔두고.

이스카는 천제의 방을 뒤로했다.

3

천수부 4층의 어느 곳――.
문패에 「비취의 방」이라고 새겨져 있는 큰 방의 한구석에서.
앨리스는 웅크리고 앉아 말없이 천장을 쳐다보고 있었다.
"…………."
온몸을 덮치는 나른한 무기력감.
뭘까.
뭘까, 그동안 경험해본 적이 없는 이 상실감은.

″우선 제국을 타도해야 해. 내가 저 나라를 무너뜨려서 아무도
박해받지 않는 세상을 만들 거야.″

항상 꿈꿨었다.
제국을 타도하면, 성령술사가 박해받지 않는 세계가 탄생할 거
라고 생각했다.
그런데――.

″제국을 타도한다면 그것은 강한 성령술사 덕분이잖아?
″황청의 성령지상주의는 오히려 가속화되기만 할 거야. 약한

성령술사는 더더욱 입지가 좁아질 거야."

모순을 지적당했다.

네뷸리스 황청이라는 나라가 내포하고 있는, 제국 타도라는 찬란한 「정의」의 그늘에 숨겨져 있는 성령술사의 차별 대우.

황청에도 학대를 당하는 성령술사는 있다.

제국 타도에 성공해봤자, 그런 현실은 바뀌기는커녕 악화된다는 것이다.

자신은 반박할 수 없었다.

물론 언니의 말이 전부 다 옳다고 생각하지는 않았다. 단, 한순간이나마 언니의 말에 '그럴지도 몰라' 하고 마음이 흔들려서 말문이 막혀버렸다.

그것이 분했다.

예전부터 알고 있었다.

일리티아 언니에게는 이기지 못한다는 것을.

언니는 머리가 너무 좋았다. 게다가 미모도, 기품도, 교양도, 사교성도.

언니는 모든 것을 가지고 있었다. 그에 비해 자신의 유일한 장점은 성령이었는데, 언니는 그것조차 능가하는 힘을 손에 넣고 말았다.

…………

……하지만. 정말로?

정말로 그런 이유로 분한 거니, 앨리스?

아니잖아.

자신이 가장 큰 충격을 받은 것은——.

"넌 계속 혼자 싸워왔어."

"앨리스, 너는 어때? **네 곁에서 싸워줄 기사가 있니?**"

재능이나 감성이나 이상(理想).

그런 것들보다도 더 심각한, 엄청난 격차가 눈앞에서 증명된 듯한 기분이 들었다.

……내가 혼자라고?

……그럴 리…… 없어.

자신은 혼자가 아니다. 어머니도 린도 있고, 자신을 따르는 부하가 있다.

그러나——.

언니는 그런 이야기가 아니라고 말했었다.

가족이나 시종은 그때 언니가 말했던「기사」와는 거리가 멀었다. 기사란 것은, 언제 어느 시대에나 공주님을 지켜주는 상징이라고 했다.

그것이 이해가 안 갔다.

"……언니는…… 무슨 말이 하고 싶었던 거야……?"

자신이 누군가에게 보호를 받는다는 것은 생각도 안 해봤다.

왜냐하면 자신은 왕녀이니까. 그 누구보다도 강해져서 자신이 다른 사람들을 지켜주는 것이 이상적이라고 생각했다. 그래서 강해지고 싶었다.

　그 결의가——.

　근본적으로 뒤집히고 말았다.

　"너는 너무 강했어. 계속 혼자 싸웠어."

　"그러니까 네 곁에는 기사가 없어. 그것이 나를 이기지 못하는 이유야."

　언니에게는 분명히 있었다.

　제국의 사도성이라는 최강의 호위병이 있었다. 자신은 이해할 수 없었지만, 그 두 사람이 매우 강한 신뢰 관계로 맺어져 있다는 것도 느꼈다.

　……그 호위병을 기사라고 부른다면.

　……확실히 지금의 나에게는…….

　강한 힘.

　강한 기사.

　그 두 가지를 가지고 있는 언니에게, 자신은 도대체 무슨 수로 대항하면————.

　"!"

　똑똑 하고 돌연 문 두드리는 소리가 나자, 앨리스는 깜짝 놀라고개를 들었다.

린이나 시스벨일 것이다. 반쯤 그렇게 믿으면서 방심했는데, 그 직후에 앨리스는 속으로 그런 자신을 맹렬하게 비난했다.

안으로 들어온 사람은 제국의 소년 병사였다.

"……이스카?"

⎯⎯⎯⎯⎯⎯⎯⎯⎯⎯⎯

한 발 안으로 들어갔더니⎯.

손님용 침대나 옷장도 아직 들여놓지 않은 공간. 개조하기 전이라 텅 빈 것이나 마찬가지인 방 안에 앨리스가 있었다.

넓은 방 한구석에서 몸을 웅크린 채.

"……이스카?"

앨리스가 당황하여 일어났다.

그런 그녀의 두 눈이 발갛게 부어 있다는 사실을 눈치챈 순간, 이스카는 저도 모르게 반사적으로 변명했다.

"아, 아니, 아니야. ……미안, 저기…… 나도 입장상 어쩔 수 없어서."

앨리스가 울고 있었나?

보면 안 되는 장면을 엿본 것 같아서, 감시자로서의 의무감보다도 이성의 방에 제멋대로 쳐들어온 것에 대한 죄책감이 먼저 생겨나고 말았다.

"어째서 네가 사과하는 거야?"

앨리스가 힘없이 미소를 지었다.

붉게 부어오른 눈가를 얼른 손가락으로 훑고 나서.

"여기는 제국령. 그것도 천제가 사는 곳이잖아? 빙화의 마녀를 경계하여 유능한 병사를 감시자로 붙이는 것은 당연한 거야."

"……잘 이해해줘서 고마워."

"내 처지는 잘 알고 있어."

앨리스가 탄식했다.

좀 전까지의 약한 표정은 싹 사라지고, 다부지고 아름다운 평소의 눈빛으로 돌아왔다.

"천제는 린과 시스벨의 안전을 보장해준다고 약속했어. 그쪽이 그 약속을 지키는 한, 나도 얌전히 행동할 생각이야."

앨리스의 목적은 천제에게서 언니인 일리티아의 변모 경위를 듣는 것.

……그리고 언니를 타도하는 것이다.

……언니가 황청을 멸망시키려고 하니까.

앨리스는 아마도 며칠 정도 머무를 것이다.

그 며칠 동안, 기구 Ⅰ사로 이동한 우리 제907부대가 그녀를 감시하게 될 것이다.

그런데 신경 쓰였다.

앨리스의 눈가가 붉게 부어오른 이유는 뭘까?

부자연스럽지 않을 정도로 곰곰이 생각해본 끝에 이스카가 간

신히 떠올린 것은「제국에 사로잡힌 왕녀의 굴욕」이었다.

……앨리스는 황청의 왕녀라는 긍지를 가지고 있다.

……제국에 사로잡혔다. 새장 속에 갇힌 새라고 생각하면, 분한 것도 당연한가.

이스카는 그것이 이유라고 추측했다.

"천제 폐하도, 또 리샤 씨도 분명히 말했어."

앨리스와 마주 보고.

최선을 다해 말을 쥐어짜냈다.

"지금의 앨리스, 너는 손님으로 대하라고. 저기, 그러니까…… 너무 속상해하지 마."

"————."

앨리스가 입을 다물었다.

그러다가 갑자기 부드러운 표정으로 웃음을 터뜨렸다.

"뭐야, 네 나름대로 걱정해주는 거야?"

"응? ……아니, 난……."

"그런 거 아니야."

소녀의 목소리가 살짝 떨렸다.

루비 같은 눈동자로 바닥을 바라보면서.

"언니가 나한테 말했거든. 나는 혼자라고……."

"혼자라니? 무슨 소리야. 그럼 린은?"

"그게 아니라. 언니가 했던 말은——웃……! 아, 아니, 아무것도 아니야!"

소녀가 앗 하고 눈을 크게 떴다.

이상하게도 그 뺨이 순식간에 붉어졌다.

"너에게 말해줄 수 있을 리 없잖아?!"

"방금 말하려고 했잖아."

"이건 나의 개인적인 문제야! 왜, 왜냐하면, 어…… 이런 것을 너에게 말하면…….."

"말하면?"

"말할 수 있을 리 없잖아!"

"대체 뭔데?!"

이스카의 시점에서는 점점 더 영문을 모르게 되어버렸다.

생각에 잠겨 있었던 이유가 언니 때문이라는 것은 대충 눈치챘는데, 이상하게도 앨리스는 고집스럽게 그 이유를 가르쳐주려고 하지 않았다.

"어휴, 뭐가 뭔지…… 어라?"

통신기에 착신.

진이 아니었다. 통신 상대는 미스미스 대장이었다.

『이스카 군, 큰일 났어!』

"대장님, 왜 그러세요?"

『앨리스 씨가 중앙 기지에서 난동을 부리기 시작했대!』

"네?"

귀를 의심했다.

『지금, 중앙 기지 실내 연습장! 병사들 몇 명을 포로로 삼아 농성하고 있대!』

"대장님, 잠깐만요."

『속히 그쪽으로 가줘!』

"그 사람은 지금 제가 코앞에서 감시하고 있는데요."

『……어어?』

고개를 갸웃거리는 미스미스 대장의 모습은 통신기 너머에서도 충분히 상상할 수 있었다.

『이스카 군이 감시하고 있다고?』

"네. 게다가 지금 이 대화도 듣고 있어요."

이스카가 곁눈질로 힐끔 본 곳에서는 앨리스가 '난 여기 있는데……'라고 주장하듯이 묵묵히 자기 자신을 가리키고 있었다.

『헉! 그럼 설마, 사람을 착각한 건가?!』

"착각이라니, 그게 무슨 말이에요? 애초에 앨리스라고 생각한 이유는……."

『사령부의 긴급 연락이야! 포획한 마녀가 날뛰면서 탈주했다고. 게다가 그게 순혈종이라고 하니까, 난 당연히 앨리스 씨인 줄 알고…….』

"앨리스는 아닙니다. 다른 사람일 거예요."

그런데 누구지?

사령부의 연락을 믿는다면, 이미 구속된 순혈종일 것이다. 그러나 연행된 조아 가문의 정예들은 모두 다 혼수상태로 실려 왔고——.

"아, 설마!"

딱 한 명 있잖은가.

괴멸된 조아 가문의 정예군 중에서 홀로 도망쳐 살아남은 순혈종이.

"대장님!"

통신기를 향해 소리쳤다.

"제가 당장 갈게요. 다른 병사들은 전원 후퇴시키세요!"

『뭐? 그, 그래도 돼?!』

"대장님이 말씀하신 것처럼 위험한 순혈종인 것은 확실해요. 전차도 미사일도 안 통합니다. 전력을 아무리 투입해도 그만큼 희생만 커질 뿐이에요!"

가시의 성령술사 키싱.

가면 경 일행과 함께 운송되었는데, 그 소녀의 힘 앞에서는 강철 문이나 격벽 따위는 무의미할 것이다.

"하필 이런 때에……!"

통신기를 손에 쥔 채 이스카는 몸을 돌렸다.

한순간──등을 보이기 직전에, 앨리스가 무슨 말을 하고 싶은 것처럼 이쪽을 쳐다봤다. 그런 느낌이 들었다.

그러나 그것을 확인할 여유도 없이 이스카는 방에서 뛰쳐나 갔다.

이스카가 달려간다.

나를 홀로 방 안에 남겨두고.

빙화의 마녀라는 위험한 적을 방치해도 되는 걸까? 하는 생각
도 들었지만, 이것이 이스카가 나에게 보여주는 신뢰의 메시지일
것이다.

"…………."

발소리가 들리지 않게 되었다.

원래 이스카의 기척은 놀랄 만큼 조용했다. 전에도 린이 비슷
한 말을 했던 기억이 나는데, 그 기척이 완전히 사라질 정도로 멀
리 떠나버렸다.

이번에도 또 혼자.

방 안에 남겨진 앨리스의 뇌리에 또다시 언니의 말이 떠올랐다.

"이것은 마녀와 기사의 이야기."

"이것이 우리의 차이야. 내 곁에는 기사가 있어."

벽에 등을 대고 가슴에 손을 얹었다.

어금니를 꽉 깨물고.

이윽고 쥐어짜내듯이 입 밖에 낸 한마디는.

"…………말할 수 있을 리…… 없잖아……."

방금 전.

앨리스는 죽어도 이스카에게는 말할 수 없었다.

언니한테 무슨 말을 들었는지.

──마녀에게는, 마녀를 지켜주는 기사가 필요하다⋯⋯고 했다.

이스카의 얼굴을 본 순간.

머릿속에 「어떤 미래의 가능성」이 떠오르고 말았다.

⋯⋯아까 그 순간, 내가 만약에 같이 싸워 달라고 말했더라면?

⋯⋯나의 기사가 되어 달라고 말했더라면?

너무 이기적인 소원이지만──.

이스카라면 같이 싸워줄지도 모른다. 왠지 그런 느낌이 들었던 것이다.

그래서 말할 수 없었다.

하나의 관계의 끝.

이스카와의 완전한 협력 관계를 원하는 순간, 틀림없이 모든 것이 변해버릴 것이다.

마녀와 기사의 관계.

그리고 그 순간──.

우리는 더 이상 라이벌 관계가 아니게 될 것이다.

그것이 무서웠다.

지금의 이 기분 좋은 관계가 무너져버리는 것이, 그의 앞에 섰을 때 무서워진 것이다.

"…………."

두 무릎을 세우고 거기에 이마를 올려놨다.

"……말할 수 있을 리, 없잖아."

앨리스는 사라질 듯이 조그만 목소리로 중얼거렸다.

4

밤바람이 점점 더 세차게 불고 있었다.

중앙 기지에 도착한 것은 저녁 무렵. 그때는 잔디가 가볍게 흔들리는 산들바람이었는데, 지금은 나무가 비스듬히 휘어질 정도의 강풍이 불고 있었다.

"……여기인가?!"

해가 저문 시각.

새까만 먹구름이 하늘을 뒤덮었는데, 환하게 불이 켜진 2층짜리 거대한 시설이 그곳에 자리 잡고 있었다.

"헉!"

제국군, 실내 연습장.

그곳의 게이트가 흔적도 없이 소멸해버린 것을 확인한 이스카는 놀라서 숨을 삼켰다.

문짝도, 잠금 장치도, 감시 카메라도, 주위의 벽도, 모든 것이 마치 대형 지우개로 지워진 것처럼 사라져버린 것이다.

가시의 성령에 의한 물질 소거.

그 흉악하기 짝이 없는 파괴력을 보고 새삼스레 순혈종의 무서움을 깨달았다. 이 성령 앞에서는 제국군의 온갖 요새가 무의미해질 것이다.

……내가 싸웠을 때에는 협곡이라는 대자연 속이었다.

……알고는 있었지만, 이 성령을 도시에서 날뛰게 놔뒀다간 끝장이다!

연습장 내부——.

그곳에는 드넓은 황야를 재현한 환경이 펼쳐져 있었다.

회색 모래와 딱딱한 암반 급경사면.

이스카가 고개를 꺾어 쳐다봐야 할 정도로 커다란 바위가 줄줄이 늘어서서 산맥 같은 경관을 연출하고 있었다.

"——오래 기다렸습니다."

울려 퍼지는 아름다운 목소리.

이스카가 돌아봤더니, 실내 연습장 천장이 깔끔하게 뻥 뚫려 있어서 그곳을 통해 밤하늘이 보이고 있었다.

달빛.

그 소녀는 달을 등지고 서 있었다.

"저는 키싱 조아 네뷸리스 9세라고 합니다."

검은 머리 소녀가 돌아봤다.

안대는 없었다. 성문이 깃든 두 눈동자가 은은하게 빛나고 있었다.

"사람들은 보통 키싱이라고 부릅니다."

"알아."

"불공평하군요."

"......?"

서로 말없이 시선을 교환한 지 수십 초. 마침내 이스카는 그것이 '네 이름을 가르쳐 다오'라는 재촉임을 눈치챘다.

"내 이름을 가르쳐 달라고?"

"영광이라고 생각하세요. 제가 숙부님 이외의 인간의 이름을 외우는 것은 처음입니다."

"......이스카."

"네, 그럼 이스카."

소녀가 양팔을 벌렸다.

와사삭 하고 벌레가 날갯짓을 하는 듯한 기척이 느껴졌다. 가시의 순혈종 키싱의 머리 위에서 연습장 천장을 뒤덮어버리는 무수한 검은 바늘들이 현현했다.

"나와 전쟁을 합시다."

Chapter.6

『설령 달이 부서지더라도』

the War ends the world /
raises the world

환상적이라고 할 만한 광경이었다.

검은 머리 소녀가 창백한 달빛을 받으면서 아련하게 공중으로 떠올랐다.

청순가련하고, 덧없는 모습으로.

그러나──.

그런 그녀의 주위에 나타난 무수한 「가시」는, 그러한 인상과는 완전히 동떨어진 극악의 힘을 가지고 있다는 사실을 이스카는 알고 있었다.

"전쟁이라고?"

"저는 성령술사입니다. 당신은 제국 병사. 마주쳤으니 전쟁을 해야지요, 안 그런가요?"

"…………."

"우선 안심하세요."

가시의 순혈종 키싱이 반짝이는 눈동자로 이쪽을 바라봤다.

"여기까지 오는 동안에 제국 병사를 해치지는 않았습니다. 건물은 다소 부쉈습니다만."

"뭐?!"

제 귀를 의심했다.

설마 황청의 순혈종이 그런 말을 할 줄은 몰랐다.

"……나를 혼란시키려고 해도 소용없어. 그 진위는 금방 알 수 있으니까."

"저는 거짓말은 안 해요. 거짓말은 하면 안 된다고 숙부님께 교육을 받았습니다."

"그럼, 왜?"

"제 목표는 오직 당신 하나이기 때문입니다."

복수인가?

볼텍스를 둘러싼 뮈드르 협곡에서의 전투. 그때의 복수를 하려고 나만 노리는 건가?

……아니, 그것으로는 설명이 안 된다.

……나를 노리는 이유는 되어도, 내가 아닌 다른 제국 병사들을 멀리할 이유는 되지 않는다.

진의를 알 수 없었다.

여기서 골치 아픈 것이 키싱의 태도였다. 앨리스나 린과는 달랐다. 이 소녀는 전투를 할 때에도 거의 표정이 변하지 않는다. 감정을 알 수 없는 것이다.

"네 목적은……."

"능력 해방."

가시가 모여들었다.

수천 개나 되는 가시들이 공중의 딱 한 곳에서 응축되더니 거기서 뭔가가 생겨났다.

"재결합."

"윽!"

가시의 성령술의 비기(秘技).

마지막으로 분해하여 소멸시킨 물체를 결합시키는 능력. 뮈드르 협곡에서는 제국군의 단거리 미사일을 재결합해서 대폭발을 일으켰었다.

"미리 소거해둔 거냐?!"

이스카는 주저 없이 온 힘을 다해 뒤로 점프했다.

이곳은 제국군 기지이다. 창고에는 엄청난 위력의 폭발물이 잔뜩 보관되어 있었다. 상대가 그것을 미리 빼앗았다면——.

폭발 경계.

화염을 예상하고 대비하는 이스카의 눈앞에서.

……데굴데굴.

지면 위로 굴러온 것은 주먹 크기의 투척물이었다. 그것은 폭발물이 아니라——.

"섬광 수류탄?!"

속았다.

폭발물이라고 생각해서 그것을 똑바로 응시해버린 이스카가 뒤늦게 눈치챈 순간, 그와 동시에 재결합된 열 개의 섬광 수류탄이 한꺼번에 터졌다.

섬광과 폭발음.

지근거리에서 넘쳐흐르는 빛의 홍수에 삼켜진 이스카의 시야는 온통 하얗게 물들었다.

──설마.

이토록 강한 성령술사가 눈속임이라는 편법을 쓸 줄이야.

"당신은 화염도 폭발도 다 회피할 테니까. 그래서 열심히 생각해봤어요. 당신을 해치우기 위해서 온 숙부님이라면 어떻게 하실까? 하고."

"······윽?!"

키싱이라는 순혈종에 대한 인상이 백팔십도로 바뀌었다.

앨리스나 시조와는 다르다.

이 소녀는「책략」을 이용하는 순혈종이었던 것이다. 마치 가면경의 계략 같은──.

"성령 확장."

응축되어 있던 가시가 펑 터졌다.

수천 개의 가시가 수만 개의 가시로 세분화되더니 실내 연습장의 공중을 꽉 채웠다.

"별이 되어라."

딱 한순간의 간격을 두고──.

공중에 정지했던 가시가 지상을 향해 쏟아지기 시작했다.

유성군.

엄청난 가속도로 쏟아지는 성령의 가시가, 그 연습장에 존재하는 모든 것들에 잇따라 푹푹 박혔다.

바위에 박히면, 바위가 소멸했고.

벽에 박히면, 벽에 구멍이 뻥 뚫렸고.

지면에 박히면, 지면에 절구처럼 움푹한 구덩이가 생겼다.

모든 것이 분해되어 갔다.

단, 성령술 그 자체를 베어버리는 성검만은 물질 소거의 예외 대상이었다.

"하앗!"

쏟아지는 가시를 향해 이스카는 발을 내디뎠다.

그 자리에서 빙글 선회.

비스듬히 위쪽에서 쏟아지는 바늘들의 틈새, 고작 수십 센티미터밖에 안 되는 공간으로 정확히 이동하면서 달려갔다. 단 한 걸음도, 단 한 순간도 멈추지 않았다.

정면에서 쏟아지는 바늘을 까만 칼날로 일도양단했다.

그리고 머리 위의 사각에서 쏟아지는 바늘을 뒤도 안 돌아보고 까만 칼날로 후려쳤다.

"말도 안 돼……."

검은 머리 소녀가 뒷걸음질 쳤다.

믿을 수 없는 광경이라도 본 것처럼 거의 압도당한 표정이었다.

"눈이, 보이는 건가?"

"이제야 겨우 좀 보이네."

"————?!"

"내가 이 가시를 오늘 처음 봤다면 그대로 당해버렸을 거야."

섬광 수류탄의 빛 때문에 시각을 잃었다.

그래서 흐려졌던 눈앞이 이제야 겨우 선명해지기 시작했다.

쏟아지는 무수한 가시.

그것은 이를테면 공중에서 무수한 기관총 사격을 당하는 것이나 마찬가지였다.

——단, 쏘는 사람은 키싱 한 명.

그래서 달리는 것이었다.

키싱이 가시의 탄환을 조종한다면, 그 키싱이 총의 조준을 제대로 못 할 정도로 빠르게 계속 달리면 된다.

그래서 명중하지 않았다.

키싱이 이스카를 향해 가시를 쏘았을 때에는, 이미 이스카는 그 장소보다 훨씬 더 앞까지 달려갔기 때문이다.

"……오지 마!"

키싱의 음성이 굳어졌다.

양손을 앞으로 내밀고, 약한 목소리를 필사적으로 쥐어 짜내려고 했다.

"가시의 행진,『삼라만————————……』."

"멈춰."

"으으읏!"

소녀가 흠칫 하고 떨었다.

목에 닿는 딱딱한 이물감. 성령술을 발동시키기 직전에 그 품속으로 파고든 이스카가 검은 칼날을 들이댄 것이었다.

그러나 성령의 가시는 아직 공중에 남아 있었다.

"성령술 발동을 멈춰."

"묻고 싶은 것이 있습니다."

"요구를 하는 사람은 나야."

"당신이라면, 일리티아를 이길 수 있나요?"

"……뭐?"

"항복하겠습니다."

칼을 들이댄 이스카의 눈앞에서.

머리 위를 빙글빙글 돌던 가시가 지면으로 스르르 떨어졌다. 사라진 것이 아니었다. 놀랍게도 수천 개나 되는 가시가 지면에 내려와 정렬했다.

"당신의 능력에 대한 확신을 얻고 싶었습니다. 무례한 짓을 해서 죄송합니다."

항복의 표시——.

마치 자신의 총을 바닥에 내려놓고 무저항임을 보여주는 군인 같았다.

"이스카. 당신에게 전략적 호혜를 제안합니다."

검은 머리 소녀가 몸을 웅크리면서 앉더니.

그 자리에 무릎을 꿇고 고개를 숙였다.

"저와 함께 그 마녀를 쓰러뜨려주세요. 제 가시를 전부 드릴 테니."

『천제가 꾼 꿈』

the War ends the world /
raises the world

융메룽겐은 꿈을 꿨다.

이것은 꿈.

그걸 알면서도 전혀 저항할 수 없는, 깨어날 수도 없는 악몽.

그래서 눈치챘다.

이것은 성령이 자신에게 보여주려고 하는 예지몽이란 것을.

떨어진다.

꿈속에서——.

융메룽겐은 수백 미터, 수천 미터나 되는 지하 속으로 가라앉고 있었다.

어두운 바다 밑바닥으로 가라앉는 것처럼.

지상의 포장도로도, 지반도, 암석도, 용암도. 모든 것을 다 통과해서 지저의 깊숙한 곳으로 빠져 들어가는 자신.

『크로?!』

겁이 나서 이름을 불렀다.

새까만 땅속으로 고독하게 가라앉는 것이 무서워서, 지상을 향해 손을 뻗었다.

『크로?! 도와줘, 멜른은 여기 있어……!』

대답은 없었다.

자신이 가장 신뢰하는 남자는 달려와 주지 않았다.

당연했다. 이것은 성령이 보여주는 꿈. 성령이 원하는 대로, 자기 혼자 땅속으로 가라앉는 수밖에 없다.

『!』

돌연 빛이 비쳤다.

땅속 깊숙이 파고 들어가는 융메룽겐의 아래에서 빨강, 파랑, 초록, 하양, 노랑, 보라…… 셀 수 없을 정도로 무수한 빛이 올라온 것이다.

──볼텍스.

별의 중추에서 태어나, 땅속에서 올라와 지표면으로 솟구치는 성령 에너지.

그것은 성령들의 대이동이었다.

그런데 어째서 성령은 이런 식으로 지상을 향해 이동하는 걸까?

『……**도망친 거지**. 팔대사도. 너희들도 그것은 알고 있었을 텐데…….』

성령들은 겁먹은 것이었다.

원래 자신들의 보금자리였던 별의 중추에서 뛰쳐나와 별의 지상까지 도망쳐왔다.

그것이 볼텍스의 정체.

성령은 별의 중추를 떠나면 단독으로는 존재하지 못한다. 그래서 볼텍스에서 튀어나온 성령은 지상의 인간에게 들러붙을 수밖에 없었다.

그렇다면——.

성령은 무엇을 피해 도망쳐온 걸까?

『……성령…… 너희들은, 멜른에게 이것을 보여주고 싶었던 거지……?』

육체에 깃든 성령이 가르쳐줬다.

천제 융메룽겐에게 깃든 성령은「별의 방위 기구」. 그렇기 때문에 별의 위기에 대해서 그 누구보다도 민감하게 경종을 울리는 것이다.

있다……고.

지저로 계속 가라앉다가 별의 중추에 도착하면 심연에는——.

이 별에 있으면 안 되는 것이 있다고.

『……거기냐!』

있었다.

도착한 곳은 별의 심연.

부글부글 끓는 용암을 요람 삼아——.

쿵, 쿵 하고 태동하는 이형의「성령 비슷한 것」.

몸 밖으로 나온 심장처럼 꿈틀거리고 있었다.

강철조차 녹여버리는 용암 속에서 지금도 태연하게 잠을 자면서 성장하고 있었다.

별의 백성이 「별의 종말」이라고 부르며 두려워했던 재액.

그것은 별의 대적(大敵).

그 이름은.

『……*La Selah Milah Uls*…….』

그 이름의 유래는 융메룽겐도 몰랐고, 굳이 재액의 이름을 조사할 마음도 없었다.

가장 끔찍한 것은——.

이 재액은, 인간과 성령을 이형의 괴물로 변모시킨다.

인간을 타천사 켈비나로.

인간을 마녀 비소와즈로.

인간을 마녀 일리티아로.

성령을 대지의 에이도스로.

성령을 바다의 에이도스로.

모든 것을 이형으로 바꿔버린다.

성령들은 그것이 무서워서 별의 중추에서 도망쳐 나온 것이다.

『……네가 원흉이다.』

머나먼 심연에서 꿈틀거리는 이형의 존재를 쏘아보면서 융메룽겐은 송곳니를 드러냈다.

　이 재액만 없었으면──.

　애초에 볼텍스란 현상은 일어나지 않았을 것이다. 성령이 도망칠 필요가 없었을 테니까.

　성령은 성령으로.

　인간은 인간으로 존재할 수 있었을 것이다.

　『……!』

　욱신 하고 가슴이 아팠다.

　분명히 꿈속일 텐데도 이 고통은 환각이 아니었다.

　그렇다.

　자신도 이 힘한테 빙의를 당했다. 그래서 이런 모습으로 변모한 것이다.

　모든 성령과 성령술사는 이 재액을 이기지 못한다.

　『……그래, 알아.』

　가슴을 꾹 누르면서 발아래의 재액을 노려봤다.

　『……너는 멜른을 적이라고 인식하지도 않겠지.』

　이 괴물은──.

　자신이 이런 꿈을 꾸고 있다는 것에는 틀림없이 신경도 안 쓸 것이다.

이토록 공포와 악몽을 흩뿌리고 있으면서도.

새근새근 잠자면서 힘을 비축하고 있었다.

그렇다면──.

『계속 잠이나 자라.』

자신은 이렇게 말할 것이다.

마음껏 성령과 인간을 유린해온 재액을 향해.

『네가 힘을 비축하는 수십 년, 수백 년 사이에 인간도 몇 세대에 걸쳐 변하니까…… 아니, 실제로 변해왔어!』

언젠가는 나타날 거라고 믿었다.

반드시 찾아낼 거라고 맹세했다.

지난 100년 동안.

『……멜른은 너를 이기지 못해도…… 그래도……!』

시조 네뷸리스는 아니다.

흑강의 검투사 크로스웰도 아니다.

이 재액에 대항할 수 있는 것은, 단 하나의 성검과 그것의 계승자.

그리고──.

바라건대 그를 도와줄 사람들.

『각오해라. 반드시 네 숨통을 끊어놓을 테니까! 별의 대적!』

"──천────."

"────천──제──── 이봐요, 천제?"

어깨에서 어렴풋한 촉감이 느껴졌다.

그것이 어깨를 두드리는 충격임을 눈치챈 것은, 융메룽겐이 살짝 눈꺼풀을 들어 올린 다음이었다.

"……저기요, 표정이 왜 그렇게 험악해요……?"

불그스름한 금빛 머리카락을 지닌 소녀가 조심스러운 표정으로 이쪽을 들여다보고 있었다.

아마도 잠자는 자신의 얼굴을 관찰하고 있었나 보다.

『아, 뭐야. 시스벨 왕녀. 멜른은 잘 거라고 했잖아.』

"그, 그게, 그러니까! 잠자는 표정이 너무 무서워서 이상하다고 생각한 거예요! 당신이 이를 악물고 투덜투덜하면서 무슨 말을 중얼거렸다고요!"

『……흐음.』

강제로 그런 꿈을 꿨으니까.

잠잘 때의 표정이 무서워지는 것도 당연했다.

『어, 그래…… 으응~.』

한번 기지개를 쭉 켜고 나서 힘차게 일어났다.

자신도 놀랄 정도로 졸리지 않았다.

누가 깨워줬기 때문일까, 아니면 악몽에서 해방됐기 때문일까.

『좋아, 정신이 맑아졌어. 시스벨 왕녀, 네 언니를 여기로 데려와줘. 그리고 그 이상한 시종도.』

"앨리스 언니와 린 말인가요?"

『응. 그리고 제907부대 네 사람도.』

"……궁금해서 물어보는 건데요. 뭐 하려고요?"

『꿈 이야기를 하려고.』

의아하다는 듯이 이쪽을 쳐다보는 왕녀에게 융메룽겐은 하품을 씹어 삼키면서 말했다.

『멜른이 꾼 꿈의 이야기를 해줄 거야. 이 별의 원흉의 이야기를 하자.』

후기

"그럼 이스카, 나와 전쟁을 합시다."

『너와 나의 최후의 전장, 혹은 세계가 시작되는 성전』(너와 나
의 전장) 제12권을 읽어주셔서 감사합니다!

우선 오래 기다리시게 해서 죄송합니다.

어떤 기쁜 소식의 발표(후술)와 간행 시기를 맞추느라 평소보
다 조금 늦어졌습니다만, 그래도 11권에 이어서 이 12권에서도
스토리가 극적으로 진행된 느낌이 듭니다.

제국과 황청, 둘 다 세력 구도가 크게 바뀌었는데──.

그중에서도 특히 큰 변화가 일어난 것은 아마도 달의 왕녀가 아
닐까요?

강력한 순혈종으로서 2권부터 등장했지만, 그 내면은 이 정도
로 묘사된 적이 거의 없었지요.

그런 소녀가 처음으로 가면 경 이외의 누군가의 「이름」을 불렀
으니…….

이것이 과연 어떤 성장으로 이어질지. 앞으로 기대해주시길 바
랍니다.

그리고 앨리스도──.

언니와의 대립, 또 언니의 말을 앨리스가 과연 어떤 식으로 받

아들일지. 그 뒷이야기도 한층 더 흥미진진하게 전개시킬 예정이니 부디 즐겁게 기다려주세요!

자, 그럼⋯⋯.
본편 이야기는 여기까지 하고요. 이번에는 새로운 소식이 하나 있습니다.
그것도 굉장히 기쁜 소식입니다.

『너와 나의 전장』, 애니메이션 시리즈 속편 제작이 결정됐습니다!

이 후기가 나오기 전에 공식 사이트 등에서도 10월 1일에 이 뉴스가 발표됐을 겁니다.
이 글을 쓸 때에는 아직 9월이라서, 공식 발표의 분위기가 어떨지는 그저 상상만 해볼 수밖에 없는데요. 아마 많은 분들이 소식을 듣고 깜짝 놀라시지 않을까요?!
그러고 보니 애니메이션 제1기가 방영된 것이 딱 1년 전이었지요.
물론 방영되기 전에는 속편도 미정이었는데요. 애니메이션 방영을 많은 분들이 응원해주신 덕분에 이번 속편 제작이 결정됐습니다. 저도 이 이야기를 듣고 정말로 깜짝 놀랐습니다!
애니메이션을 시청해주신 분들, X에 감상을 적어주신 분들, 애니메이션 BD/DVD나 굿즈를 기념으로 구입해주신 분들———.
그리고 특히 이렇게 이 소설을 응원해주시는 「당신」에게 이 자리를 빌려서 감사 인사를 드립니다.

정말, 정말 감사합니다!

※ 애니메이션 속편 정보는 1기와 마찬가지로『너와 나의 전장』공식 X (https://twitter.com/kimisen_project)에서 발표될 예정입니다. 이 기회에 부디 팔로우도 해주세요!

네, 그럼『너와 나의 전장』이야기는 여기서 일단락 짓고.

다른 시리즈 소식을 알려드리겠습니다.

애니메이션 속편이 결정된『너와 나의 전장』은 변함없이 인기 최고인데요. 여기서 또 하나 여러분이 응원해주시길 바라는 소설이 있어서 소개하고 싶습니다!

▶MF 문고 J『신은 게임에 굶주렸다.』, 3권 발매 중!

인류vs신들의 판타지 두뇌 싸움.

인류 측의 승리 조건은「신들의 게임에서 10승을 하는 것」. 인류의 역사상 완전 공략자는 아직 한 명도 없음. 그런 불가능에 도전하는 소년의 이야기──.

독자 투표로 진행된「라이트노벨 뉴스 온라인 어워드」에서 2권 연속으로 선출되는 등, 호평을 받고 있는데요. 이 작품이 기쁘게도 월간 코믹 얼라이브에서 만화화되어 연재를 개시하게 되었습니다!

올해 막 시작한 새로운 작품입니다.『너와 나의 전장』과 함께 응원해주시면 정말 기쁘겠습니다!

자, 이제 후기도 거의 끝나가네요.

신세진 분들께 인사를 드리겠습니다.

네코나베 아오 선생님——드디어! 오래오래 기다렸던 시조 네뷸리스의 미려한 일러스트를 그려주셔서 감사합니다!

그리고 보니 이스카와 앨리스의 첫 번째 협력 전투가 이 시조와의 싸움이었는데요.

그런 강력한 보스가 마침내 표지에…… 이 스토리도 슬슬 후반전에 돌입했다는 것을 새삼스레 실감했습니다. 요하임과 일리티아의 새로운 의상 디자인도 최고로 멋졌어요!

애니메이션 속편도 결정됐으니까요. 앞으로도 잘 부탁드리겠습니다!

그리고 담당자 O님, S님——.

원작 소설은 물론이고 애니메이션 제1기에 이어 속편까지 담당해주시게 되었는데요. 참으로 마음 든든합니다. 올해도 내년에도 『너와 나의 전장』을 한층 더 뜨거운 작품으로 만들고 싶으니까요. 부디 앞으로도 쭉 도와주시길 바랍니다. 잘 부탁드릴게요!

네, 그럼—— 평소 같으면 여기서 감사 인사도 끝낼 테지만, 이번에는 또 한 그룹이 있습니다.

애니메이션 제1기 제작진 여러분.

이 『너와 나의 전장』은 저의 작품 중에서도 처음으로 애니메이션이 된 작품입니다. 그것을 최고보다 더 최고인 퀄리티의 애니메이션으로 만들어주셔서 진심으로 기쁘고 영광입니다. 제 평생의 기념입니다.

다시 한 번 정말로 감사드립니다!

네, 그럼 끝으로 다음 편 예고를──.

다음 권인 『너와 나의 전장』 13권.

검사 이스카와 마녀 공주 앨리스의 이야기.

제국에 남기로 결심한 앨리스.

그런 앨리스의 감시자로서 행동하는 이스카. 저절로 서로의 존재를 의식하게 되는 두 사람의 어색한 제국 생활이 시작된다.

한편 천제 융메룽겐이 두 사람에게 가르쳐준 「비밀」이 새로운 전쟁을 예감케 하는데.

제국도 황청도 아닌 「금단의 땅」으로 향한 두 사람이 본 것은.

22년 겨울, MF 문고 J 『신은 게임에 굶주렸다.』 4권.

22년 겨울, 『너와 나의 전장』 13권.

거기서 다시 만나요, 여러분!

다음 권에서도 스토리가 팍팍 진행됩니다. 기대해주세요!

여름과 가을 사이에서,

사자네 케이

앨리스 님, 앨리스 님, 어디 계세요?
……뭐라고! 제국 검사와 같이 밖에 나가셨다고?

모든 것은 일리티아 타도를 위하여——.
달의 왕녀는 이스카를 찾아와서 함께 싸우기로 맹세한다.
그리고 같은 시각. 아직도 언니의 말 때문에 고뇌하는 앨리스는
천제에게서 하나의 명령을 받게 된다.

제국도 황청도 아닌 금단의 땅으로 가보라는 것이었다.
지고의 마녀와 최강의 검사의 무도, 제13막.

이스카, 너는 누군가의 기사가 되고 싶다고 생각한 적 있니?

너 와 나 의 최 후 의 전 장,
혹은 세 계 가 시 작 되 는 성 전

13

KIMI TO BOKU NO SAIGO NO SENJO, ARUIWA SEKAI GA HAJIMARU SEISEN 12
©Kei Sazane, Ao Nekonabe 2021
First published in Japan in 2021 by KADOKAWA CORPORATION, Tokyo.
Korean translation rights arranged with KADOKAWA CORPORATION, Tokyo.

너와 나의 최후의 전장, 혹은 세계가 시작되는 성전 12

2024년 4월 15일 1판 1쇄 발행

저　　　자 사자네 케이
일 러 스 트 네코나베 아오
옮 긴 이 한수진
발 행 인 유재옥
이　　　사 조병권
출판본부장 박광운
편 집 1 팀 최서영
편 집 2 팀 정영길 박치우 정지원 조찬희
편 집 3 팀 오준영 권진영 이소의
디자인랩팀 김보라 박민솔
디지털사업팀 박상섭 김지연 윤희진
라이츠사업팀 김정미 맹미영 이윤서
영업마케팅팀 최원석 박수진 이다은
물 류 팀 허석용 백철기
경영지원팀 최정연
인쇄제작처 ㈜코리아피엔피
발 행 처 ㈜소미미디어
등　　　록 제2015-000008호
주　　　소 서울시 마포구 토정로222, 502호 (신수동, 한국출판콘텐츠센터)
판매 및 마케팅 (070) 8822-2301

ISBN 979-11-384-8273-8
ISBN 979-11-6190-511-2 (세트)